Larga vida

Curro Suárez

Larga vida

mr

La lectura abre horizontes, iguala oportunidades y construye una sociedad mejor. La propiedad intelectual es clave en la creación de contenidos culturales porque sostiene el ecosistema de quienes escriben y de nuestras librerías. Al comprar este libro estarás contribuyendo a mantener dicho ecosistema vivo y en crecimiento.

En Grupo Planeta agradecemos que nos ayudes a apoyar así la autonomía creativa de autoras y autores para que puedan continuar desempeñando su labor. Diríjase a CEDRO (Centro Español de Derechos Reprográficos) si necesita fotocopiar o escanear algún fragmento de esta obra. Puede contactar con CEDRO a través de la web www.conlicencia.com o por teléfono en el 91 702 19 70 / 93 272 04 47.

Diseño de interior: María Pitironte

Ediciones Martínez Roca, sello editorial de Editorial Planeta, S. A.
Diagonal, 662-664, 08034, Barcelona (España)
www.mrediciones.es
www.planetadelibros.com

Primera edición: febrero de 2024
Depósito legal: B. 494-2024
ISBN: 978-84-270-5211-6
Preimpresión: Safekat, S. L.
Impresión y encuadernación: Huertas, S. A.
Printed in Spain - Impreso en España

PEFC Certificado
Este libro procede de bosques gestionados de forma sostenible
PEFC
PEFC/14-38-00305
www.pefc.es

*Para Ana, por enseñarme a mirar
donde antes solo veía.
Para mis padres, por hacerme entender que el amor es
mirar al lado mientras camino y seguir viendo
cómo su mano espera la mía.*

Índice

Introducción

He dudado siempre de todo o casi todo en la vida y, en realidad, espero seguir así durante muchos años más, porque tendré miedo el día que no lo haga. Me preguntaré entonces si he dejado de querer vivir, de querer aprender, de querer saber, de querer mirar.

En este libro busco que entremos juntos en la duda, que aprendamos a vivir en ella como camino para encontrar la felicidad —si es que existe—, la paz mental, las cosas que, muchas veces, son invisibles a simple vista y que con frecuencia colman todo lo que esperamos de la vida.

Aprender a entrar en la duda y atravesarla como camino, para saber vivir con el miedo innato y no tratar de acabar con él, para saber caminar a su lado. Como camino para saber entender, para saber mirar de la manera adecuada las cosas que esperan ser miradas y de la forma que esperan ser miradas.

Aprender a entrar en la duda y atravesarla como forma de llegar a entender qué sí y qué no, con quién sí y con quién no, por dónde sí y por dónde no, aceptando, por el camino, el error, el fallo, las cicatrices de la vida bien vivida, la belleza que hay tras los accidentes.

Vivir duele y alegra a la vez, te atraviesa y te enseña la luz; cuesta, pero merece la pena.

Es una bella simbiosis que gira en torno a la incertidumbre de vivir sin saber por dónde caminar, sabiendo que todo pasará mientras te gusta lo que sientes, mientras el viento te da en la cara.

Desde ya, desde antes de que cojas una silla, te sientes conmigo al sol, nos sirvamos un vino y empecemos a tener una bonita conversación, quiero agradecerte que estés aquí, porque saber estar es una de las formas más generosas de vivir que conozco.

Gracias por querer escuchar, por querer hablar
y por querer estar.

1 __ *Mientras amanece*

Larga vida a no saber adónde vamos, pero ir;
a asumir el error como parte del camino, a vivir sin saber las respuestas, sin las cartas marcadas.

Larga vida a los que se atreven, al miedo que motiva y no inmoviliza, a los que se atreven a dejarlo entrar en casa, para que forme parte de nosotros, para que nos enseñe que el éxito, en realidad, es no dejar nunca de intentarlo.

La vida empieza muchas veces.

Mira el cielo cuando está bonito. Huele el café recién hecho. Haz el muerto en el mar y abre los ojos bajo el agua. Observa colores que antes no te paraste a atender. Mira a los ojos de los que te sonríen.

Dile te quiero de mil maneras diferentes. Besa lento, abraza despacio. No tengas miedo a querer rápido.

Hazle fotos al cielo cuando amanece y mándalas a las personas que quieres. ¿Cuántos colores ves en él?

Háblate bien, quiérete bien, mírate bien.

Pregúntate más veces por qué no y no tantas por qué sí.

Quédate cerca de los que te hacen reír, canta en el coche.

Vive despacio, que el tiempo vuela.

—¿Y si tengo miedo?
—Podemos asustarnos juntos.

Silencio, Bruno

¿Cuál es la distancia que separa el miedo que motiva del que bloquea?

Como cuando llaman al timbre de casa una tarde que no estás de humor: a veces sienta mal y haces como que no estás, pero otras veces, sin embargo, es un paquete que llevas tiempo esperando o, incluso, una agradable visita.

Ojalá hacer frente al miedo fuera tan sencillo como hacerte el dormido hasta esperar a que se canse de llamar y se vaya por donde ha venido.

Adiós, Bruno.

¿Es posible ver el miedo desde una perspectiva positiva? Quizás positiva no, pero sí motivante.

Los miedos no cambian, cambiamos las personas. A los miedos se les entiende, se les escucha, a veces se les manda a callar y se les dice, directamente mirándolos a los ojos: «Hoy no».

Silencio, Bruno.

Y es inevitable ver en él al tembloroso niño que todos hemos sido alguna vez, que es la voz de alarma que tenemos dentro para recordarnos que algo nos da vértigo.

Veo a Bruno que se levanta como quien sabe que le espera por delante un día que recordará siempre, aunque ahí no sea del todo consciente. Su madre le prometió que le enseñaría a montar en bicicleta sin ruedines y por fin llegó ese ansiado día marcado en rojo en el calendario.

Se imaginó la noche anterior, justo antes de quedarse dormido, recorriendo el mundo en su flamante bicicleta azul con algunas líneas amarillas. Por grandes ciudades bajo altos rascacielos, por carreteras inmensas que llevan a ningún lugar e, incluso, se imaginaba rodando por el desierto. Puestos a imaginar, ¿quién te dice que no?

Bruno tenía miedo. En realidad, a montar en bicicleta y a muchas cosas más. Pero trataba de ocultarlo con la ilusión que sentía. Era como una balanza en la que a un lado echaba su dosis de miedo, pero se empeñaba en inclinarla del lado de la ilusión que le hacía poder montar en la bicicleta y rodar y rodar, cogiendo cada vez más velocidad.

Saltó de la cama y fue corriendo al cuarto de sus padres que, aún dormidos, trataron de convencerle de que regresase a la cama otro ratito, que aún hacía mucho frío en la calle para salir a coger la bicicleta.

—Mira, hacemos un trato: duerme un poco más, que papá y yo estamos muy cansados de toda la semana, y después desayunamos juntos y vamos los tres a que montes en la bicicleta, ¿vale?

Bruno rechistó, pero aceptó sabiendo que la tregua que estaba firmando duraría poco y en unos minutos volvería a estar en el cuarto pidiendo, no de buenas maneras, que se despertasen.

Se fue de vuelta a su cuarto y como su mente no le dejaba dormir cogió uno de sus múltiples libros y ojeó uno que se titulaba: *Las grandes ciudades del mundo*. Un precioso libro ilustrado que le habían regalado por su cumpleaños hacía poco, con imágenes de las mayores y más bonitas ciudades del mundo.

En todas ellas se veía Bruno con su bicicleta, pedaleando hasta no poder más.

Pero, cada vez que se permitía soñar que rodaba y rodaba por el mundo, aparecía una voz por su cabeza que le alertaba.

¿Y si te caes? ¿Y si no aprendes nunca? ¿Y si no mantienes el equilibrio?

A todo respondía que no era posible, que era capaz de eso y más, se autoconvencía. Como manteniendo un diálogo con su propio yo.

Silencio, Bruno.

Bruno, tras desayunar con sus padres en la cocina, fue corriendo hacia el baño, bajo orden y sugerencia de su padre. Cogió un pequeño taburete que usaba para subirse a él y poder verse bien delante del espejo.

Se lavó los dientes y se mojó el pelo para peinarse. Se miraba y se repetía, ante las voces del miedo que regresaban, que podía. Claro que podía.

Bruno siempre se había considerado a sí mismo un niño poco valiente. Le daba miedo la oscuridad, los perros sueltos e incluso las tormentas. ¿Significaba eso que realmente lo era? ¿O no era más que un autoconvencimiento sin fundamento?

Pero ese día no. Ese día, ante el espejo, mandaba a callar a su Bruno interior.

Hoy no. Hoy no. Hoy no. Hoy no.

Tras peinarse y vestirse corriendo, fue hacia su bicicleta, que estaba en el garaje, a esperar a sus padres.

Iba por los pasillos simulando el ruido de una motocicleta mientras corría.

Se sentó frente a ella a mirarla y cada segundo que pasaba se veía menos capaz de quitarle los ruedines y aprender, por primera vez, lo que era el equilibrio.

Se sentía incapaz.

Justo cuando estaba a punto de volver a su cuarto y decirles a sus padres que mejor mañana, estos aparecieron por el garaje.

—Venga, Bruno. Vamos a ello —le animó la madre ilusionada.

—Silencio, Bruno —se repetía el niño susurrando en voz baja para sí mismo, cerrando los ojos y apretando los puños, justo antes de montarse.

Pasó una pierna por encima de la bicicleta mientras su madre la sujetaba y su padre lo grababa con una cámara de vídeo.

«¿Y si me caigo? ¿Y si se ríen de mí? ¿Y si no puedo? ¿Me haré daño?», pensaba.

Fueron apenas segundos los que pasaron. Pero le dio tiempo a firmar una tregua con sus miedos. No les pidió que se fueran, pero sí que le entendieran.

No es la primera vez que me caigo. Yo mismo me reiría de mí si la caída es graciosa. ¿Y qué? Si no puedo, lo vuelvo a intentar. Si me hago daño, tengo a mis padres. Ya me caí en la calle una vez al tropezar con una pelota y la herida ya hace tiempo que se convirtió en postilla. Ahora encontraba respuestas para pasar del «silencio, Bruno» al «hoy no, Bruno».

Las manos sudorosas apretaban con fuerza el manillar, los párpados dudaban si cerrarse y fiarlo todo a la suerte o si ver cómo el suelo cada vez se movía a mayor velocidad. Los labios de Bruno se apretaban uno contra otro. La madre, ilusionada, le animaba. «Estoy contigo, Bruno, lo estás consiguiendo». El padre, caminando mientras trotaba a su lado tratando de imitar la velocidad de la bicicleta, se emocionaba al inmortalizar ese recuerdo para siempre. Bruno volvió a abrir los ojos, que había cerrado por un microsegundo, preso del pánico. Veía pasar todo a su paso cada vez más rápido.

Hoy no, Bruno.

La mano derecha de la madre se separó del manillar, Bruno lo notó y sonrió sin darse cuenta, pese a pedirle insistentemente un tan tierno como desgarrador: «No me sueltes, mamá». La mano izquierda, que sujetaba el sillín de la bicicleta por detrás, lo iba soltando poco a poco. Bruno estaba solo. El equilibrio es posible.

Bruno miró hacia un lado y hacia otro y vio cómo sus padres cada vez estaban más lejos. Era verdad, estaba solo. Una sensación que nunca había experimentado.

¿Esto era el miedo? Bruno empezó a pedalear y coger velocidad. La madre levantaba los brazos orgullosa; el padre, nervioso, le pedía cuidado mientras le animaba a pedalear más fuerte. Los pelos de Bruno, largos como a él le gustaba tenerlos, se iban moviendo cada vez más con el viento originado por la velocidad. Le entusiasmaba sentirlo.

«¿Lo estás viendo, Bruno?», se repetía el niño a sí mismo, a esa voz interior que le pedía, minutos antes, que no lo intentase.

No lo mandaba a callar, ni siquiera le rogaba que se fuera. Le pedía que viniera a ver como sí podía.

Paradoja 1

Y, entonces, el niño entendió que,
para no caerse de la bicicleta,
tenía que acelerar.

Éxito

Tener éxito es querer mucho, pero sobre todo bien.

Es hacer brillar a la gente que te rodea, es saber cuidar de quien te cuida. Tener éxito es intentarlo, aunque haya alguien que te diga que es imposible, es creer que las cosas pasan, es tener miedo y seguir. Es saber llorar cuando es necesario. Tener éxito se parece mucho a una cabeza en calma, a la tranquilidad de saber que estás dándolo todo por hacer que algo pase.

Tener éxito es que, a veces, se te olvide grabar con el móvil, es acabar llorando de la risa. Es sentir hogar a algunas personas, es alegrarte por las buenas noticias de los tuyos como si fueran tuyas. Tener éxito es saber decir: «Estoy orgulloso de ti».

Tener éxito se parece mucho a saber darse cuenta de lo feliz que es uno rodeado por la gente adecuada.

Qué bonita la vida *cuando aprendemos a mirar.*

Perspectiva

Van Gogh pintó dos noches estrelladas. La primera: *La noche estrellada sobre el Ródano*, y la segunda y más conocida: *La noche estrellada*, que probablemente la habrás visto mil veces. Ambas son supremas.

La primera la pintó estando mentalmente estable, cuando llegó a Arlés y comprobó cómo brillaba el cielo en este pueblecito del sur de Francia.

La segunda, pintada tan solo dos años después, con una gran variedad de formas, donde la pintura y las pinceladas fluyen de una manera completamente diferente a la anterior obra, la pintó interno en un centro psiquiátrico en Saint-Rémy-de-Provence. Hay más expresividad, colores más vivos, estrellas que parecen estar en movimiento. Se pueden intuir los sentimientos tan vivos de Van Gogh en esos momentos.

Dos escenas que, *a priori*, debían ser casi idénticas, pintadas por la misma persona en un intervalo de dos años resultan completamente diferentes.

Cambió su realidad, la forma en la que pensaba; cambió los ojos con los que atendía lo que pasaba a su alrededor.

Picasso afirmaba que le importaba más el árbol que veía que el que existía en realidad, como preludio a su manera de pintar, a su manera de querer aprender durante toda la vida a pintar como un niño, como él pregonaba orgulloso.

Me gusta la bella infidelidad que tenía Van Gogh por cómo eran realmente las cosas, siendo honesto a su forma de ver las cosas, porque, muchas veces, todo depende de la forma que tengamos de mirar.

¿Hace cuánto que
no te paras a mirar?

La felicidad es aprender a parar, es entender que, muchas veces, lo importante está lejos de lo urgente.

Que importa más con quién que dónde, que la vida, a veces, cabe entera en un abrazo, en un beso en la frente o en un te quiero con forma de sonrisa en la cara de alguien a quien quieres.

Deja que la vida te descoloque en tu sitio.

El cerezo y el manzano

Esperaban a que llegasen los abuelos con la tierra y los utensilios de jardín como si estuvieran aguardando a alunizar en la Luna. Les hacía una ilusión indescriptible estar plantando un árbol en el jardín de la casa de sus abuelos, ese donde un día, con su misma edad, corrían su madre y sus tíos jugando con sus primos, como ellos hacen ahora cada domingo.

El nieto más pequeño, de unos cinco años, un manzano; y su hermano, dos años mayor, un cerezo. La abuela llegaba con un rastrillo y varios utensilios de jardín, y les indicaba qué había que hacer. Los niños, manos en la cintura, escuchaban con atención.

El abuelo cogía la tierra y, con la ayuda del mayor, la echaban en el agujero que previamente abrieron con una pala. El pequeño, mientras, ayudaba a su abuela a humedecer la tierra regándola con una manguera. Se mojaban los pies. Se gastaban bromas, amenazándose mutuamente con mojarse. Los cuatro reían. El pequeño no podía controlar sus carcajadas al ver a la abuela simulando un gran enfado por estar empapada. El mayor lo animaba a seguir su hazaña mojando al abuelo.

Una vez terminaron con el cerezo, la abuela les explicó lo poquito que dura en flor y la belleza que conlleva. Los niños preguntaban por qué. Plantaron el manzano. Los nietos preguntaban si, cuando tenga manzanas, podrán cogerlas y comerlas.

El abuelo les explicaba hasta dónde pueden llegar los árboles y lo frondosos que serán.

Los niños miraban hacia arriba, achinando los ojos por la claridad, sin mirar a ningún lado, imaginándolo.

Años más tarde, cuando los árboles hayan crecido, cuando estén en flor, cuando sean frondosos y den sus frutos, cuando entiendan la belleza del paso del tiempo al ver la flor del cerezo caer, cuando cojan una manzana y la guarden en un cesto, presumirán de que ellos los plantaron con sus abuelos.

Serán, entonces, conscientes de que estaban viviendo uno de los mejores momentos de su vida, pero aún no lo sabían.

Inefable

¿Tiene puesto ya un nombre cada cosa que sucede en la vida? ¿Te has parado a pensar si todo lo que nos rodea, todo aquello que va pasando a nuestro alrededor fue ya bautizado?

Me alegra saber que no, que aún estamos a tiempo de descubrir, de sentirnos niños otra vez, de abrir los ojos al sorprendernos porque nadie aún le puso nombre a algo.

Encontrar definiciones que no conocía me hace sonreír por dentro. Leí que «celajería» son un conjunto de nubes de vivo color o que «maresía» es el olor a mar, algas y humedad cargada de salitre de la bruma. Es respirar del mar.

Descubrir como manera de no parar de avanzar.

Julio Muñoz, en su libro *Tinnitus, 3 horas de vida*, juega con esta idea, donde uno de los personajes se dedica a inventar palabras para las cosas que aún no fueron bautizadas y cree que deberían existir.

Define «pluvias» como el camino que siguen las gotas de agua en el cristal o «dinublar» como la capacidad para reconocer formas en las nubes.

Pero una de las que me gustó especialmente, que sugiere Julio, es «trasnoctia». El momento en el que la noche ha terminado, y se empieza a hacer de día, pero las farolas de las calles siguen encendidas, sin ser ya las protagonistas de la luz. En breve, viviremos de la claridad, sin artificios.

Ambos momentos confluyen, es de día y de noche a la vez.

Este periodo dura breves instantes, no tarda mucho en desaparecer esa bella sincronización hasta que la claridad conquista por completo el día y hace, entonces, que las luces de las farolas pasen a un segundo plano, hasta llegar a apagarse.

Monet decía que le gustaba lo que pasaba con las cosas cuando la luz se iba, que eran esos siete minutos donde estaba la luz exacta que quería captar.

Como cuando lloras de la risa, como los eclipses, como cuando llueve mientras hace sol, como cuando el agua del río y del mar se encuentran, como las paradojas, como la vida en sí misma. Como cuando estás enfadado o triste, pero te hacen reír, perdiendo, en ese instante, toda credibilidad.

Me gusta que pase también a la inversa, al atardecer, es como una manera de cerrar el círculo. Justo antes de que la claridad huya por completo y dependamos de las luces de las farolas.

El sol se ha ido, el cielo empieza a estar casi rosa, con un color que, creo, tampoco tiene aún un nombre inventado, y la luz ya no se refleja directamente en las ventanas, ahora solo queda su eco. Donde, a la vez, casi todo ha terminado y está a punto de llegar. El tiempo vuelve a confluir.

Me gusta ese momento, me gusta la víspera, donde todo está por decidir, donde no podemos dar nada por perdido porque aún podemos ganar.

Larga vida a los que se hablan bien,
se quieren bien,
se cuidan bien.

Me gusta la gente que es hogar,
adonde vas cuando no sabes dónde ir.

30 cosas gratis

—QUE VALEN INFINITO—

1— Ver a alguien a quien quieres feliz

2— El olor a mar

3— El cielo cuando está llenito de colores

4— «Estoy orgulloso de ti...»

5— Un abrazo inesperado

6— Un atardecer que se queda dentro

7— Sentir hogar en algunas personas

8— Que te acaricien la espalda

9— Correr hacia el mar

10— Ir a una playa donde te quedas sin cobertura

11— Un rayito de sol que te da calor en invierno

12— Despertar sin alarma

13— Alguien que está porque te dijo que iba a estar

14— El olor a lluvia

15— Los abuelos demostrando amor

16— Un beso en la frente

17— Una risa contagiosa

18— Hacer el muerto en el mar

19— Una amistad que es familia

20— Los brindis «por nosotros»

21— Ver amanecer

22— Llegar en coche cerca del mar,
abrir las ventanillas y respirar hondo

23— Ver fotos antiguas que te llevan a lugares felices

24— El salitre en la piel

25— Ver una estrella fugaz

26— Una bonita conversación entre amigos

27— Mirar la luna

28— Los «tengo ganas de verte» que son de verdad

29— Sentirte cuidado

30— Las personas que sacan tu mejor tú

Quédate con quien va contigo,
aunque no sepa dónde.

Somos de quien un día nos eligió, y lo haría mil veces más.
De quien sonríe cuando te ve llegar, de quien te quiere
haciendo que te quieras.

Somos de quien nos recuerda que no somos de nadie,
de quien se queda a verte brillar, de quien está hecho de
trocitos de ti,
y viceversa.

La terraza

Recuerdo cuando mi amigo Leo nos invitó a su nueva casa, la acababa de comprar. Nos enseñó orgulloso los cuartos, los baños, la habitación que dejaría reservada por si alguna vez, en su terraza, nos pasamos con la cerveza y nos queremos quedar a dormir, o el sofá donde pasaríamos horas los domingos por la tarde viendo fútbol. En todo nos incluía mientras nosotros le seguíamos por los pasillos como un grupo de japoneses siguen a su guía turístico por los alrededores de la catedral.

Llegamos hasta el salón y pasamos a la terraza, donde abrió una botella de champán para celebrar los nuevos comienzos. Estábamos todos, los seis, sentados alrededor de la mesa. Empezamos a recordar historias de años pasados. Era como un juego que siempre empezaba con un: «Y os acordáis cuando...». Era divertido.

Nos reímos más recordando las historias que cuando pasaron. ¿Será la historia tal y como la estamos contando? ¿Se le habrá añadido un punto de épica al relato para que nos riamos más? Y qué más da. Me gusta la exageración.

Hay personas con las que basta sentarse alrededor de una mesa, charlar sobre la vida, el paso del tiempo o la última serie que estamos viendo, mientras baja la botella de vino que estamos compartiendo, para sentirnos la persona más feliz del mundo.

Porque hay personas con las que no importa dónde. Al final, la vida es tener una historia que contar en una mesa rodeado de amigos y que, cada vez que se cuente, la historia suene mejor.

87

Conocí a Pablo por casualidad, no por elección. Uno no elige a las personas de las que se hace amigo cuando es pequeño, y tienes suerte si tu madre no te obliga a darle la mano al niño que está frente a ti en el parque y deja que el tiempo te ponga al lado de los actores principales de tu vida.

Sin embargo, en un ejercicio de sinceridad, sí podemos llegar a imaginar si, a día de hoy, los volveríamos a elegir. ¿Me haría hoy amigo de mis amigos de la niñez?

Yo a Pablo lo volvería a elegir una y mil veces. Pablo era todo lo que estaba bien en la vida. Con Pablo me sentía en casa, era mi lugar feliz. Donde la pena no ve, que diría Jorge Drexler.

Miraba siempre como quien está descubriendo algo nuevo y, en un acto de bondad infinita, quiere que los demás vean lo que él acababa de descubrir. No era un tesoro que quisiera quedarse para él.

—¿Qué estoy mirando exactamente, Pablo?

—Pero ¿es que no lo ves?

Pablo sería siempre el capitán de mi equipo, un tío al que odiaría si fuera el líder de la pandillita del barrio de enfrente. Pero es de ese tipo de persona que, cuando la tienes en tu grupo de amigos, se lo permites todo. Lo bueno y lo malo.

Por Pablo se aceptaba tener un ojo morado unos días, porque él pondría siempre la cara por ti.

Y lo defenderías hasta decir basta. Aunque sepas que no lo merece y, después, cuando pase la tormenta, tú mismo lo sacudes, le señalas con el dedo y le adviertes que es la última vez.

¿Acaso no es eso la amistad?

No es que Pablo fuera una persona conflictiva, más bien todo lo contrario, pero sí de esos a los que el temperamento le pierde ante situaciones injustas.

Con Pablo entendí que la amistad es la fidelidad del ser humano llevada a su máxima expresión, donde intentamos parecernos a los perros, que saben que al verbo *estar* nunca le sigue una condición.

Él siempre contaba orgulloso el día que me conoció. Los dos éramos nuevos en el colegio. «Los nuevos», nos llamaban. Estábamos todos en el *hall* de entrada del colegio, niños y niñas de muchas edades diferentes.

—Por favor, los del año 87, pónganse a este lado —escuché.

Llegué a la fila donde estaban los que serían mis compañeros.

—¿De verdad tú eres del 87? —soltó entre carcajadas.

«Ya me ha tocado el graciosillo», pensé.

—Señora maestra, aquí se nos ha colado un alumno más pequeño —exclamó.

Le di con el codo, sin hacerme ni pizca de gracia su chiste.

—No te enfades, hombre, que estoy de broma. El estirón acabará llegando.

En realidad, no me alteraban lo más mínimo esas bromas, estaba acostumbrado a las gracias de mi hermana. Estaba demasiado concentrado en la incomodidad que me producía ser el nuevo en clase.

—Pero si mides igual que yo —le repliqué—, ¿vas a seguir mucho más tiempo? Lo digo por irme ya y evitar el numerito.

La realidad es que Pablo y yo siempre hemos medido lo mismo, quizás esa fue una de las claves de nuestra amistad, no sé, quizás no habría respondido con un codazo a alguien que medía veinte centímetros más que yo.

—Pero si estoy de broma —me dijo poniendo su brazo por mis hombros—. Pablo, encantado.

—Yo soy Mateo —le dije dándole la mano que me estaba ofreciendo.

«Como me quite la mano haciendo la típica bromita, no respondo de mis actos», pensé.

—¿Mateo? Tenemos que buscarte un mote si queremos ser respetados aquí.

Le volví a empujar a la altura de su hombro y le dije que si se volvía a pasar conmigo, le partiría las piernas. Me contestó con una severa carcajada porque, estando en lo cierto, mi amenaza estaba completamente forzada y fuera de lugar. Todo era porque me había concienciado esa mañana que tenía que parecer un tipo duro para que nadie se hiciera el gracioso conmigo el primer día de colegio.

—Yo te llamaré M.

—Llámame como quieras, ya veré si te contesto.

Pablo era como si no me escuchase. Un monólogo. Él hablaba y hablaba. Me preguntaba si era nuevo en la ciudad, que, si no lo era, cómo podía ser que no nos conociéramos. Que si practicaba algún deporte.

—Pablo, para un poco.

Me regaló una chapa que coloqué en mi mochila al instante y ahí estuvo durante años. Era redonda, con el fondo de color amarillo y un «87» en grande, por nuestro año de nacimiento. Todavía la conservo.

Ahí entendí que Pablo era casa para mí. Y yo para él. Porque ese día, ante el vértigo de ser nuevos en un colegio, ante el miedo de las cosas que empiezan, éramos el uno para el otro, la isla donde se llega luchando por sobrevivir; un náufrago. Ser refugio para alguien —asilo— es, quizás, el mayor gesto de bondad que se puede tener porque, además, suele ser involuntario.

Ahí aún no nos lo decíamos, porque ser sentimentales estaba mal visto a esa edad, pero no nos costó mucho abrirnos en canal para decirnos cómo de importantes éramos el uno para el otro.

A veces, nos lo demostrábamos sin verbalizar palabra, como se dicen las cosas de verdad.

Yo contigo. Tú conmigo.

Aprender a vivir como si nadie estuviera mirando, saber que escuchar no siempre es oír, que ver no es solo mirar, que querer a alguien es no preguntar por qué.

A través del corazón

Me apunto multitud de cosas en un chat que tengo conmigo mismo. Escribo desde «leche, garbanzos, aguacate y tomates», para que no se me olvide qué tengo que comprar, hasta las cosas que me han gustado que he leído y me han parecido interesantes.

Tengo apuntado que leí en algún sitio, no sé dónde, lo sabría si no fuera tan despistado para estas cosas, que la palabra «recordar» viene del latín *recordari*. Formado por «re» («repetición» o «intensificación») y «cor, cordis», que significa «corazón» o «mente».

Es decir, «recordar» es traer algo de nuevo al corazón. Me gustó esa definición.

No es casualidad que vivir, muchas veces, no consista más que en crear bonitos recuerdos a los que volver cuando hace falta.

Ahora me da pena no recordar dónde lo leí.

Al final, todo es la manera
en la que hacemos sentir a los demás.

La canica azul

La primera imagen del planeta Tierra capturada desde el espacio por los astronautas que viajaron en el Apolo 17 en 1972 se conoce comúnmente como *La canica azul*.

Dicen que los astronautas que volvieron de aquella expedición, cuando les preguntaban en las entrevistas, charlas y conferencias qué habían sentido allí arriba, todos coincidieron en lo que posteriormente se conoció como el «efecto perspectiva».

Decían que al ver la Tierra en su totalidad como un hermoso punto azul flotando en una inmensidad oscura, tan pequeña, tan frágil, al no ver fronteras ni países, sintieron una profunda vulnerabilidad y pequeñez, lo que los llevó a relativizar.

Describían cómo esta experiencia espacial les provocó una transformación personal, alterando por completo su perspectiva sobre la vida y su propósito, dándoles una apreciación más profunda de la belleza y la fragilidad de la existencia humana.

Aprendieron a saber diferenciar qué es lo urgente y qué lo importante, porque muchas veces una está muy lejos de la otra.

¿Con quién estás
cuando te imaginas feliz?

Bicho bola

Me gusta cuando nos hacemos reír. Ella se mete conmigo y yo con ella. Me gusta cuando me dice que me quiere sin decírmelo, dándome un beso en la frente, porque sabe que he tenido un mal día. Me gusta cuando me hago bicho bola porque estoy mal, se tumba a mi lado y no verbaliza palabra, pero lo dice todo: estoy aquí. Es todo lo que necesito.

Porque hay silencios que hablan más que muchas palabras.

Me gusta cuando nos miramos. Cuando no pasa nada en nuestros domingos por la tarde, cuando le enseño una canción, la empezamos a escuchar y la vuelvo a poner porque no está prestando atención. Me gusta cuando viajamos en coche y hablamos de mil tonterías que, en ese momento, son lo más importante del mundo.

Me gusta cuando el amor es elección, es ver fácil lo que antes creías imposible, es poder ser dos, pero querer ser uno.

Me gusta su compañía, su manera de cuidarme. Cuando dice que me va a ganar al *ping-pong* y pierde, pero quiere volver a intentarlo. Me gusta cuando una historia le impresiona mucho, cuando exagera una historia que me cuenta, y le pregunto si pasó así de verdad, me dice que más o menos y se enfada. Y me gusta cuando volvemos a empezar.

Me gusta mirarla cuando no sabe que la miro. Me gusta pensar que nunca dejaré de conocerla.

Elogio a la duda

Un día quedé con un amigo para tomar una cerveza al salir de trabajar, porque quería contarme su viaje por Nueva York.

Me contó mil cosas de sus altos edificios, calles anchas y taxis amarillos hasta que yo le pregunté si había visto la estatua de la Libertad. A lo que me respondió, casi enfadado, que sí, que la había visto.

—Pero ¿qué te pareció?

—Chica.

—Bueno, sí, pero ¿qué te pareció?

—¿Tanto hablar de la estatua de la Libertad y era eso? No me gustó, es muy chica.

Nunca nos educaron en la duda, para todo había que tener una respuesta, un simple «no lo sé» siempre ha estado mal visto.

Un día le escuché a una especialista en física cuántica decir que un niño puede llegar a hacer una media de 471 preguntas al día.

Y nosotros, ¿cuántas preguntas nos hacemos al día?

Intento quedarme a vivir en la duda, en el «no lo sé» y en la incertidumbre siempre que puedo, porque es el camino más corto que he encontrado para entender.

Hoy en día, todos tenemos que estar etiquetados, clasificados, en un bando o en otro del debate.

No basta nuestro «no lo sé». Quedas mal.

Cuando recibimos las cantidades ingentes de información que nos llega día a día, la sociedad te exige a posicionarte sin preguntarte. Por cómo te cuentan la noticia según el medio del que venga, porque no eres nadie sin posición, porque mañana vendrá un debate nuevo y necesitamos tu opinión al respecto a la voz de ya.

Por un momento paro y me pregunto: cuando escuchamos una noticia sobre un tema candente, ¿escucho o me escucho? ¿Miro o me miro? ¿Leemos o nos leemos? ¿Las paso por mi filtro innato?

Es muy difícil escuchar la realidad, porque uno no puede evitar proyectarse en ella y, por ende, perderse todo lo otro, lo otro que también suena todo el tiempo.

Pocas veces hacemos el espacio, la pausa, para evaluar el suceso y escuchar de forma más desafectada, para decidir y aceptar o para tener un punto de partida desde el que evaluar qué hacer con la información que nos acaba de llegar.

Me pregunto esto por buscar la crítica, la duda, como camino al entendimiento con fundamento de las cosas.

Un día, hablando con mi hermano Andrés, nos dijimos que nos mandaríamos cada uno una persona influyente para que el otro la estudiase y pudiera formar su propia opinión al respecto, de forma limpia y pura.

Reparamos entonces en las cosas que dábamos por hecho y ahora nos damos cuenta de otras cosas que pasábamos por alto. Me pasa cuando me vuelvo a sentar a ver una película que me encantó hace mucho o cuando leo un libro que me fascinó de nuevo tras mucho tiempo.

Pero ¿cómo no me di cuenta de esto o de lo otro?

Confucio dijo que una persona virtuosa, cuando mira, reflexiona si miró con claridad; cuando escucha, si escuchó sin confusión.

Está en nuestra mano tener el poder de generar el espacio, de permitir la pausa de aceptación, de percibir la realidad no solo a través de nuestros criterios. Evitar caer en el sesgo de confirmación.

Entonces, me pregunto: llegamos a la estatua de la Libertad y digo: «¡Pero qué chica que es!», o digo: «Es más chica de lo que pensaba», y la descubro. Otro día quedé con Marcos y Luis para tomar algo, y Marcos preguntó: «Si pudierais ir al pasado o al futuro, ¿dónde iríais?».

Respondí de inmediato que al futuro, pero al instante me di cuenta de que no había pensado bien la respuesta, que no me representaba.

Porque, en realidad, lo que más me gusta de la vida es que el futuro sea incierto, creo que es lo que le da el sentido a la vida. No quiero saber qué va a pasar.

Un tío mío siempre decía que uno tenía que trabajar no para asegurarse un buen futuro, sino para asegurarse un buen pasado.

Me gustó, aunque no sé por qué, esa frase. Creo que me gustó tanto porque me dejó pensando.

Hay muchos científicos que sostienen que el optimismo, que muchos lo vemos como futuro, es, en realidad, cómo relatas el pasado.

Que todo es pasado.

Daniel Kahneman, un destacado psicólogo y economista, ha realizado investigaciones importantes, como en su libro *Pensar rápido, pensar despacio*, sobre la psicología de la felicidad y ha desarrollado conceptos relacionados con los diferentes tipos: la que experimentas y la que recuerdas.

Imagina que puedes ir de vacaciones donde quieras, con quien quieras, el tiempo que quieras, etc. ¿Dónde irías?

Ahora imagina que ese viaje no lo va a recordar nadie, ¿irías al mismo lugar?

No busco encontrar la respuesta, busco encontrar las preguntas, cuantas más mejor, como fórmula para saber elegir.

Woody Allen dice que la confianza es ignorancia.

Es eso lo que me gusta de la física, porque es lo que me enseñó mi padre, a dudar de todo, porque mientras algo no esté demostrado que no existe, todo es posible.

El espacio y el mar me fascinan porque no conocemos nada, son un completo misterio y eso significa que todo puede pasar, que aún hay esperanza.

Y, por el camino, nos equivocaremos, no una, sino muchas veces.

Pero es nuestro trabajo asumir el error como parte del juego de la duda, porque muchos errores se han convertido, a su vez, con el tiempo, en cosas o descubrimientos fascinantes, como la penicilina, la torre de Pisa o los efectos especiales que hoy vemos en el cine.

Tener esa conexión con la física, muchas veces, es un lazo con sentirte un descubridor de tesoros, es volver a sentirte un niño.

Es preguntarnos algo 471 veces al día.

Somos las veces que pensábamos que no podíamos más, pero pudimos; las veces que nos damos cuenta de que el éxito estaba en intentarlo; las veces que creemos en nosotros mismos por encima de todo.

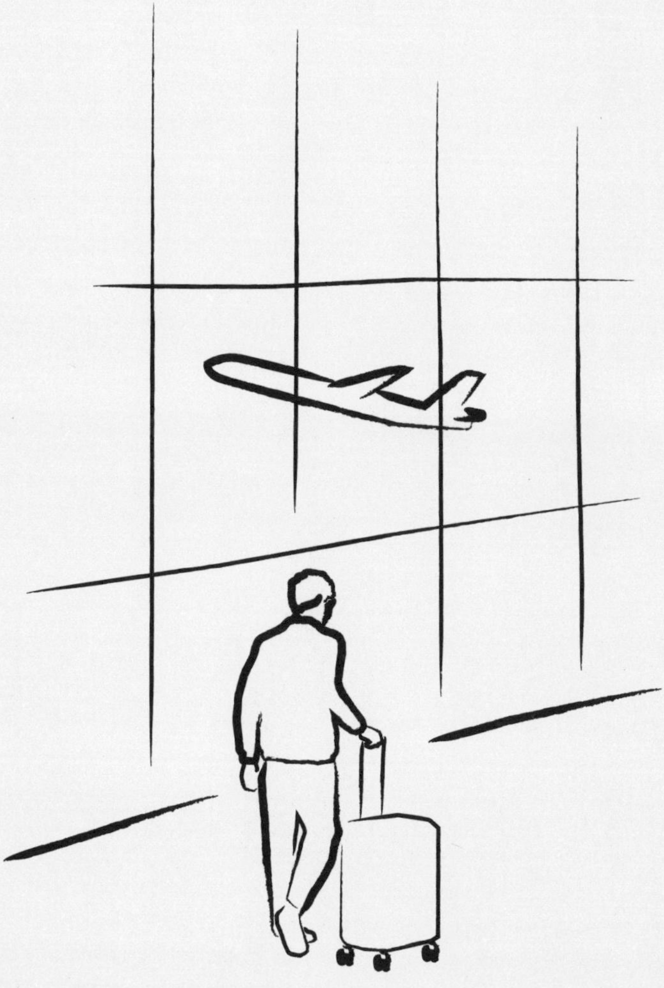

La luz siempre atraviesa la grieta.

2 __ *Mientras atardece*

Larga vida a lo sano, mutuo y sincero.

El imán de la nevera

Tenemos la bonita costumbre de, cada vez que vamos a un museo, comprar un imán del cuadro que más nos ha gustado de la colección y llevarlo a casa para ponerlo en la nevera. Tenemos un Botero de una exposición a la que fue Ana con una amiga; un García-Ramos, que es un pintor sevillano, casi humorista, que a mi hermano Andrés y a mí nos encanta; uno de Klimt que compramos en nuestro viaje a Viena, y alguno de Sorolla, Egon Schiele y Alex Katz.

Todos los imanes sujetan una foto. Una foto polaroid que nos lleva a momentos que nos hacen felices. Está Ana cumpliendo años, estamos los dos haciendo una pizza casera, mis padres en su casa y Ana y yo haciendo el tonto.

Y espero que falten muchas más. Quiero tener uno de Velázquez, de Rothko, de Helen Frankenthaler, de Hopper y de Richard Estes. Y que cada uno tenga su historia detrás.

Hago esto porque, en un ejercicio de reflexión, me gusta imaginar qué pensarán los invitados cuando miren la nevera. Porque yo lo hago en casas ajenas. Me gusta ver imanes del tipo: «Te quiero mucho, mamá» o «Si cree que falta algo en esta cocina, tráigalo». Humor y amor caminando juntos.

La mayoría de las veces somos los lugares donde nos llevan los recuerdos, las personas con las que estamos cuando nos imaginamos felices o los trocitos suyos que nos regalan las personas que nos quieren.

Me gusta la gente que es como un atardecer,
pero en persona.

Todos estamos hechos de trocitos de las personas que nos han hecho felices, de los momentos a los que volvemos para estar a salvo, de las veces que pensamos en algo y sonreímos sin querer, de las personas que un día nos hicieron sonreír por dentro.

Sentir paz.
Esa maravilla.

El rayo verde

«¿Cuántos colores ves?», me han preguntado alguna vez cuando estoy contemplando el atardecer. Para mí, que tengo cierta tendencia al daltonismo, es un suplicio tener que ponerle nombre a los colores que pasan ante mis ojos cuando el sol se está poniendo, pero el atardecer tiene de maravilloso que incluye una variedad tan inmensa que nadie te dirá jamás que ese no está.

Azul, morado, naranja, rojo e incluso, en una ilusión óptica, el verde, el rayo verde. Escribo sobre él porque dura poco, porque se va, por la belleza de lo efímero.

El rayo verde dura un breve instante, y solo aparece en determinadas condiciones cuando atardece o cuando amanece.

Me fascinó el concepto cuando lo vi en la película *El rayo verde* de Éric Rohmer, basada en la novela de Julio Verne. En ella, la protagonista busca el rayo, que solo es visible para aquellos que están abiertos a la verdad, como camino para encontrarse a sí misma.

Me gusta pensar que hay cosas que solo están disponibles para aquellos que se atreven a mirar. Porque es esa la única forma de llegar a verlo.

Un día me contó un amigo que estuvo de monitor en un campamento de su colegio, que era de monjas.

Él, cada tarde, justo antes de que el sol se fuera, cansado de lidiar con hormonas vivientes, con el peso tan gigante de adolescentes que, a veces, son difíciles de entender, se subía a un pequeño monte que había a unos metros de allí a fumar un cigarro. El tiempo suficiente para tener un descanso mental, pero poco para que su ausencia pasara desapercibida.

Los minutos que duraba el atardecer.

Se encendía su cigarro y observaba, bajo el silencio, cómo el sol se iba escapando poco a poco por el horizonte hasta que se perdía.

Un día, tras varios seguidos subiendo, le dieron en el hombro y resultó ser una de las monjas del colegio.

Él se escondió de inmediato el cigarro y echó el humo como pudo al verla, a lo que ella sonrió.

—No te preocupes, hijo —le dijo esbozando una sonrisa—. Vine a verte porque me he dado cuenta de que subes cada tarde aquí a ver el atardecer, y yo lo hago en aquel monte de allí —le dijo girándose para señalar—, por si querías que lo viéramos juntos.

Mi amigo se sorprendió, porque esperaba una gran reprimenda, que era un irresponsable y varios adjetivos más.

Pero no.

Se sentaron juntos a terminar de verlo, y al día siguiente volvieron a coincidir y así hasta que el campamento terminó.

La monja le contó que siempre iba, todos los días, desde que su padre falleció, porque era una manera de estar con él. Porque de pequeña su padre la llevaba a contemplarlo desde un monte que había cerca de casa.

Todos los días hacía una foto y la mandaba al chat grupal de su familia, para que todos se acordasen de él.

Es bonito pensar cómo volvemos a conectar con personas que se han ido a través de lugares, canciones, olores o momentos.

Paradoja 2

Ir despacio fue la mejor manera que encontró para llegar rápido.

El hilo imaginario

Me gusta el camino que se crea en el mar por los reflejos del sol al atardecer. Se llama «tremelucir». Siempre he creído que es como un hilo imaginario que nos une a él, es la manera que tiene el sol de tendernos la mano.

Va cambiando, nunca es igual, porque varía según desde dónde lo mires, según las olas o el movimiento de las mareas. En realidad, depende de todo menos del propio sol. Es hermosa esa paradoja.

Me gusta que el atardecer nos diga «ven» así, de esa manera. Me gusta esa conexión. Es una abducción a la esperanza, a que la vida comienza muchas veces, como nos enseña el sol cada vez que se va y vuelve al día siguiente.

Me gusta que estemos rodeados de mensajes que nos regala la vida.

Quédate con quien está
porque un día te prometió que iba a estar.

—

Si solo pudieras escuchar una canción el resto de tu vida, ¿cuál sería?

Tengo muchos discos por casa, además de una infinidad de libros por leer, una colección de vinilos y mis plantas, cada una con su nombre.

Tengo uno de Ray Charles que compré en una tienda de vinilos de Viena, donde paran en la película *Antes del amanecer*. Tengo casi todos los de Leiva y Drexler, tengo muchos clásicos, uno rayadísimo de las Spice Girls, varios de los Rolling Stones, de los Beatles, *Caustic Love*, de Paolo Nutini o *Palabras más, palabras menos*, de Los Rodríguez.

Pero hay uno por encima de todos que ocupa un lugar privilegiado en mi estantería. Me lo regaló mi amiga Olga. Una persona especial, en todos los aspectos en los que puedas pensar.

En mi treinta cumpleaños, llamó a las personas más importantes de mi vida en ese momento y les pidió que le dijeran una canción especial para ellos. De forma que tengo un disco con canciones como «Rayando el sol», porque significa mucho para mi hermana; «Lobos», de Leiva, porque era la que, con cinco y tres años, mis sobrinos no paraban de cantar. Todo el día. «Lágrimas negras» o «Love», de Juancho Marqués.

Olga dio en el clavo, acertó de pleno, un diez.

Son dieciséis canciones de dieciséis personas especiales.

También puso mi favorita de ese momento, porque siempre digo que nuestra canción preferida cambia según la edad en la que te pregunten.

En ese momento era «Por delicadeza».

Todo nació porque un día tomando algo en la terraza de un bar le pregunté: «Si solo pudieras escuchar una canción el resto de tu vida, ¿cuál sería?».

Larga vida a las personas con las que perder el tiempo es ganar en vida.

Donde el corazón vibre,
la cabeza esté en calma
y el alma, contenta.

El corcho del vino

El corcho de la botella que estamos a punto de abrir,
la uva que después fue vino,
el tiempo se bebe.

Lo efímero es, muchas veces, la mejor manera de hacer que algo sea eterno.

Desde que salí de casa de mis padres tengo la costumbre de guardar la nostalgia en un bote de cristal. Me parece una buena síntesis para explicar lo que hago desde que vi a mi padre haciendo lo mismo.

Un día pensé que era una buena idea para atrapar el tiempo y poder viajar por él siempre que quisiera, creando recuerdos permanentes en un pequeño corcho. Por eso, empecé a escribir en cada uno de ellos la fecha y lo que hacíamos mientras esa botella bajaba lentamente. O no. Me relaja ver qué tonta excusa encontramos ese día para abrir la botella de vino.

Hay uno de una vez en un aparcamiento donde las furgonetas pernoctan en Sagres, con vistas al mar. La primera vez que Ana y yo salimos a cenar por Madrid. Nuestra primera botella de sidra juntos, en Llanes. Recuerdo que estábamos en una pequeña placita y dos chicas cantaban. Un señor mayor se acercó para bailar.

El primer vino en nuestra casita al mudarnos, cuando celebramos que «hoy comemos pasta», que simplemente «es viernes», nuestro viaje en coche por la Provenza o un Nadal-Djokovic en Roland Garros...

Y tengo otros corchos de días de mierda, donde todo sale al revés. Pero ahí están, junto a los buenos, para recordarme que la vida también se celebra en los momentos malos. Que el vino también se abre en los días no tan buenos.

Amar lo efímero es la mayor demostración de amor verdadero que se puede tener por el tiempo.

Los atardeceres vuelven todos los días, pero todos corremos a verlo, buscamos el mejor sitio posible para tener la mejor perspectiva, porque, aunque vuelva mañana, no queremos perdérnoslo. Porque vuelven otros, pero no ese.

Hace tiempo que me di cuenta de que lo mejor de la vida es, definitivamente, que se acaba.

Volviendo a las botellas de vino y los corchos con los que viajo por el tiempo, hay un corcho que me queda por tener. Una botella de manzanilla en el bar Lambuzo, de mi amigo Luis, donde un día, estando con mi hermano Andrés, nos ofreció tomar una de esas botellas que los bares tienen de exposición cubriendo toda la pared para decorar.

—¿Pero eso se toma?

Me contó Luis que cuando cierran el bar, si quedan amigos, cogen una de esas botellas de vino pasado, no apto para la venta, pero sí para el consumo, y así tomar una copita entre amigos ya con la verja bajada.

El vino de Jerez, pese a estar pasado, está más que tomable, porque, dependiendo de cuánto dure el proceso de maduración, es un vino u otro. Porque, en parte, una de las bellezas que esconde es el error, la imperfección, como sucede con el palo cortado. En este caso, la manzanilla pasaría a parecerse al amontillado.

Es entonces, cuando los clientes se han ido, pero no los amigos, que Luis invita a abrir una botella, tomar una copa y firmar la etiqueta de la misma, con una dedicatoria y la fecha.

Envidio a Luis y el recuerdo que se está construyendo.

Yo firmé: «Abrir una botella de vino es el arte de viajar en el tiempo».

Y ahí está expuesta.

Cada vez que voy con alguien a ver a Luis al Lambuzo, nos bebemos un traguito pequeñito, porque no quiero que se acabe. Y presumo de lo que un día firmé.

Porque el paso del tiempo es el mayor homenaje que se le puede hacer a la vida, a vivir dejando que la vida te atraviese. Es aceptar la imperfección como belleza, la dulzura del desgaste.

Porque la belleza de los cerezos radica en lo poco que dura su floración. Porque la belleza de los atardeceres está en que se escapa en apenas segundos, aunque mañana tengamos otro. Por eso las estrellas y esa luz que viaja por el espacio, que algún día llegará, por eso el rayo verde.

Leí una vez que hay algo muy poco común, que son las estrellas Wolf-Rayet, una etapa fugaz y realmente preciosa por la que pasan solo algunas estrellas poco antes de explotar.

Me gusta que lo efímero sea una paradoja en sí misma, porque nadie soporta que el tiempo vuele cuando estás disfrutando, pero es precisamente eso, lo poco que dura, lo que hace que tengamos un miedo irreparable a perderlo.

Los bares en los que nos bebimos nuestras cervezas cuando éramos más jóvenes, los momentos en los que quedar diez amigos era facilísimo y no necesitábamos meses de antelación, los conciertos…

No quiero que sean eternos, me gusta que abran la puerta, arrasen con todo y se vayan por donde vinieron, sin mirar atrás.

Porque esa noche épica con amigos duró lo que tenía que durar, ese viaje acabó en su momento exacto o aquella noche de verano fue como tenía que ser. No busques más, que no hay.

Me gusta la belleza de las cosas que se van, de las estrellas fugaces, de la piel tersa de la juventud, de los niños que crecen y te preguntas, en un acto de puro amor, «¿cómo crecen tan rápido?».

En la física se explica desde hace tiempo con la teoría de la conservación de la energía. Porque mi padre tenía razón, la física está en todos lados, incluso en la poesía.

Porque todo cambia, nada se crea, nada se destruye, al final, todo se transforma.

Vivir como si nadie estuviera mirando,
vivir como si estuvieras siempre a punto de irte,
vivir como si no fueras para siempre.

Mateo

Mi amigo Mateo era un romántico empedernido.

Se enamoraba dos o tres veces al día, sin remordimiento.

Cuando una chica le gustaba, Mateo cuidaba hasta el último detalle. Me pedía consejos de cómo hacer las cosas, qué decir y cómo decirlo. Lo planificaba todo. Pero, después, según él, improvisaba.

«Porque lo importante en la vida es que las cosas decidan qué velocidad coger, si le imponemos la nuestra, se estropean», siempre decía.

Y me gustaba esa reflexión como punto de partida para las cosas que empiezan.

Que cada cosa, vida o persona decida su velocidad.

Me gustaba cuando lo repetía.

Al día siguiente de quedar con una chica, siempre iba a mi casa y nos contaba a toda la familia cómo fue, qué hicieron, dónde y cómo.

Mateo contaba historias dignas de llevarlas al cine, raro es que una historia suya no haya sido protagonizada por Diane Keaton con Woody Allen a los mandos.

No se le escapaba un detalle, hablaba lento y vivía rápido. Y todo lo hacía sonriendo. Qué superpoder ese.

«No tengas prisa, Pablo, todo acaba pasando», era una frase muy recurrente en su día a día cuando a mí me podía la impaciencia de esperarlo.

Siempre me imaginé a Mateo protagonizando un libro como *Éramos unos niños*, de Patti Smith. No sé por qué, ya que no tiene nada que ver con el protagonista, pero cuando lo empecé a leer le ponía su cara.

A Mateo no le gustaba demasiado hablar de su familia. Su madre falleció cuando él era pequeño y su padre encontró acomodo en otra familia. Y salió corriendo sin remordimiento. Él se fue a vivir con su tía Eva, su tía, que es como su segunda madre, pero seguía sin ser su madre. Y su padre no hizo demasiado por impedirlo.

Era un tema que le incomodaba y del que rehuía sin mirar atrás.

—¿Y no tienes ganas de volver a ver a tu padre? ¿De intentar arreglar las cosas?

—Entonces, al final, ¿a qué hora nos vemos con estos?

Hablar con una pared.

Un día, al salir de la universidad, lo vi triste, nada habitual en él para ser viernes. Por primera vez vi grietas en él.

Me dijo que era el cumpleaños de su madre. Me contó muchas cosas de ella, algunas de las que se acordaba y otras que le contó su tía Eva. Que era la persona más divertida del mundo, que le encantaba salir a bailar, ir con él al cine, dar paseos en bicicleta y cocinar.

—Y no sabes cómo cocinaba. De verdad que aún, de repente, me llegan olores y voy a la cocina y es como si la estuviera viendo.

Pasaba mucho tiempo en mi casa y siempre que mi hermana entraba a mi cuarto él trataba de hacerse el interesante. Ponía rostro serio, dejaba las bromas o la historia que me estaba contando y hacía como que ojeaba un libro.

—Mateo, que a mí no me la das —bromeaba mi hermana sacudiendo el pelo.

La casa de Eva, donde vivía Mateo, estaba a pocos minutos andando de la mía. Pasaba los días con nosotros. Incluso sin estar yo, venía «a ver qué pasaba por aquí», como siempre decía. Un niño a punto de jubilarse, le tomaba el pelo mi padre entre risas, que le tenía un cariño especial.

Se echó una novia los primeros años de universidad y yo otra. Entre ellas se odiaban porque, años antes, las dos estuvieron coladas por el mismo chico.

A nosotros nos hacía mucha gracia eso de que se llevasen así de mal. Era un ejercicio de equilibrista que quiere cruzar de un edificio a otro por una cuerda cada vez que se nos ocurría salir a cenar los cuatro.

Ambos sabíamos de la temporalidad limitada de aquellas relaciones. Puede que por eso fuera tan divertido. Echábamos leña al fuego, buscábamos el conflicto. Lo pasábamos bien en el incendio.

Cada vez que terminaba una noche con ellas, cada uno acompañaba a su novia a su casa y quedábamos en vernos en la puerta de mi casa, que tenían unas escaleras al lado donde solíamos sentarnos, para comentar la noche sin parar de soltar carcajadas.

Nos reíamos tanto tanto que al final olvidábamos qué era lo que tanta gracia nos hacía, y salían bromas nuevas, las risas se multiplicaban y brotaban lágrimas de felicidad. Hasta que algún vecino nos mandaba callar. Que no son horas.

Los ataques de risas entre amigos que suman años de vida.

Recuerdo que hubo una vez que nos gustó la misma chica. Pero, por ser honesto, él se fijó primero en ella.

Maite. Nuestra Yoko Ono.

Yo, como buen amigo, me aparté.

Él estuvo tratando de llamar su atención meses y meses y al final resultó que ella andaba detrás de mí. Y yo sin saberlo.

No hice nada con ella, pero a Mateo le sentó, lógicamente, fatal.

A mí me sirvió para reírme de él un tiempo, lo que llevó un día a que en una discusión nos acabáramos peleando, hasta que llegó mi hermana para separarnos. Le dio tiempo a darme un puñetazo en la nariz.

—Esa será una bonita cicatriz —me dijo.

Sonreí. Me dejó pensando en la frase.

Nos perdonamos rápido y Maite pasó a ser historia.

Los ojos no mienten
cuando sonríen.

Somos de donde vamos corriendo
a contar una buena noticia y se alegran
más que nosotros mismos.

La casa vacía

Varios días después de dejarlo con Inés, Marcos tuvo que vaciar el piso donde vivían juntos. Siempre lo recuerda como el momento más duro de la ruptura —me lo contaba mientras terminaba su café solo con hielo—. «No se lo recomiendo a nadie», decía negando con la cabeza.

Ella hacía días que se había llevado todo, incluyendo, de propina, una pequeña parte del corazón de Marcos, bien machacadito, metido en una cruel caja de cartón con un «Varios» pintado con un rotulador negro.

—¿Cómo se pueden meter seis años de relación en unas cajas que has cogido de la puerta de un supermercado? —me preguntaba, creo que sin esperar respuesta.

Para Marcos, la parte más cruel de esta bonita historia era ver el salón con sus cosas, pero sin las de ella. Era como si a una mesa le faltara la mitad de sus patas.

—Ahora la mesa está coja, joder —decía enfadado.

¿Para qué quiero ahora mis libros si no están los suyos? La estantería medio vacía, que diría el pesimista. Las fotos, solo las de él con su familia, y las conjuntas que ella no se había querido llevar.

—No la culpo —decía Marcos como preludio para comenzar una larga lista de todo lo que hizo mal con ella tanto tiempo—. Se merece algo mejor —sentenció.

Marcos copió la idea de su ya exnovia, se fue a la puerta de una tienda cercana a la casa, habló con un dependiente y le pidió unas cajas de cartón para tratar de llenar su vida en ellas.

El disco de Los Planetas que un día ella le regaló al encontrarlo por sorpresa en un mercadillo de Lisboa y que, pese a ver que estaba rayado, se llevaron, por la magia que implicaba comprarlo fuera de España. Las fotos de su viaje por Alemania. Las sillas que le compraron a una señora de segunda mano y que no cabían en el taxi para llevarlas a casa. La mesa que fabricaron ellos mismos con un tablón de madera y unas patas que compraron. El cuadro que compraron en el Rastro un domingo porque a ella le encantó. Un hogar, a fin de cuentas.

El casero les había dado unos días para vaciar todo. La tristeza subía de manera inversamente proporcional a la cantidad de cosas que iban quedando expuestas por la casa como si fuera un museo de la tristeza.

Vació el dormitorio, el despacho donde ambos, puntualmente, trabajaban, y vació, como culmen a la tristeza infinita, incluso el frigorífico. «Joder, pero si ni el guacamole que compramos juntos hace unos días se ha puesto malo aún», pensaba. «¿Cómo ha pasado todo tan rápido?».

«Dejo para lo último el salón, como gran colofón a esta mañanita de tortura», se decía a sí mismo en voz alta por los pasillos. Varios amigos y familiares se ofrecieron a ayudarle, pero él no quiso. «Es como pedirte que me operes a corazón abierto», contestaba a toda sugerencia de ayuda.

Fue avanzando poco a poco por el salón, como un ejército que conquista lentamente un país, hasta llegar al mueble de la televisión, donde quedaban varios DVD que, como aquel disco rayado de Los Planetas, compraron más por tenerlo que por verlo, ya que hoy está todo en las plataformas digitales.

En ese momento, a Marcos todo le parecía que era una tontería haberlo hecho. «¿Qué hago yo ahora con *Pearl Harbour* con el comentario del director en DVD, Inés? ¿Te vienes los jueves por la tarde a verla y hacemos un coloquio con tu nuevo novio o qué hago, Inés?», decía en voz alta mientras soltaba un suspiro de desesperación. «Si alguien me está viendo por la ventana pensará que se me ha ido la cabeza».

Guardó los DVD y llegó a una caja al fondo del mueble, semiescondida, llena de cintas de VHS que estaban junto a un reproductor de video que estuvo a punto de tirar mil veces. Pero nunca lo hizo.

Bien, seguimos retrocediendo en el tiempo.

Marcos desconocía que estuvieran allí. Los títulos eran todos semejantes: Marcos-3 años, Marcos-6 años, etc. Dentro de la caja con las cintas, una carta titulada «Feliz Navidad, Quito», diminutivo de Marquitos, como cariñosamente le llamaba Inés. Mote que surgió hace años en un viaje que hicieron a Ecuador.

«Aun faltando dos meses para Navidad. Qué previsora ha sido siempre», decía en un susurro con alguna lágrima rodando por sus húmedos ojos. Usó por primera vez el reproductor de VHS y estuvo cerca de una hora viéndose de niño, sentado en el suelo frente al televisor. Llamó a su madre, quien le confirmó que le envió las cintas a Inés porque se las había pedido para tenerlas todas juntas y pasarlas a digital, y así verlas con mayor calidad. Cintas que Marcos daba por perdidas e incluso no recordaba que existían.

«Qué buena ha sido siempre para los regalos», se dijo recordando lo imbécil que había sido él.

De nuevo.

Terminó de verlas, de llorar y de recoger las cosas que tenía pendientes. Hizo fotos a algunas de ellas que no se llevaría a su nuevo piso temporal de soltero, sino que iba a vender en una app de segunda mano. Incluso hubo algunas que las publicó, con una oferta irrechazable: «Si vienes hoy mismo a por estas tazas, te las regalo todas».

Lo vendió todo, o, al menos, casi todo lo que quería de manera más urgente, en una mañana.

Publicó también el reproductor VHS, para el que recibió un par de regateos de dos euros. «¿De verdad me vas a regatear dos euros por un aparato por el que te estoy pidiendo quince euros, imbécil?», pensaba de mal humor mientras tiraba el móvil al sofá.

Se encendió la pantalla del móvil al segundo de tirarlo: un cliente aceptaba sin negociar el precio y podía ir esa misma tarde a por él. Julián, se presentaba amablemente. Quedaron a las seis.

«Perfecto, con esto me quito ya los trastos que más ocupan», pensó.

Eran las seis menos cuarto y sonó el timbre. Marcos miró extrañado el reloj de su muñeca izquierda.

Se fue hasta la puerta, abrió y era un señor de unos ochenta y pocos años.

—¿Marcos?

—¿Julián?

Se dijeron señalándose mutuamente, como si fuera un duelo pacífico.

—Pase —le propuso Marcos—, se lo tengo aquí preparado por si lo quiere probar.

—No, no, me fío de ti, hijo. ¡Y no me hables de usted! Es que se me estropeó el mío hace tiempo y, últimamente, tengo ganas de ver las cintas que tengo por casa, me hace feliz volver atrás de vez en cuando —dijo Julián con la voz palpablemente triste, pero con una sonrisa en la cara.

A Marcos se le ablandó el corazón al verle desanimado y le propuso tomar un café. Él aceptó rápidamente la invitación, se quitó el abrigo y se sentó donde Marcos le había sugerido a esperar su café con leche caliente.

—Perdona, que tengo todo hecho un desastre, como puedes ver, estoy de mudanza.

—No te preocupes, se ve que debías de tener la casa muy bonita —dijo Julián echando un vistazo a lo que quedaba de ella.

Marcos sonreía a la vez que asentía con la cabeza mientras terminaba de preparar el café en la cocina, que estaba junto al salón.

Se sentaron a tomar el café, hablaron de cómo ha cambiado Chamberí en las últimas décadas. Marcos sirvió más café. A ambos, por la razón que fuera, les venía bien la compañía.

Julián le contaba que vivió en una residencia de estudiantes cerca del parque del Oeste cuando llegó con dieciséis años desde Santander para estudiar en Madrid. Conoció a Olivia, ella sí natural de Chamberí, y se quedó en Madrid para siempre.

—Fue la propia Olivia quien me regaló mi primera cámara de vídeo por mi cumpleaños —contaba Julián—. Siempre fui un poco caprichoso con lo tecnológico, porque pasamos de no tener nada, completamente nada, a que salieran inventos disruptivos que a todos, en aquella época, nos parecían imposibles de imaginar. Me la regaló Oli tras varios meses ahorrando y con ayuda de su padre, un buen tipo, que fue quien la trajo de Alemania gracias a un amigo suyo que traía muchas cosas de allí. La Betamax, mi cámara, debió de ser de las primeras que llegaron a España —contaba orgulloso—. Me encantaba salir a la calle con ella. Si iba con amigos, lo grababa, si iba a un bar, al cine, al mercado, todo. Las grabaciones duraban poco —decía riendo— porque las baterías y las cintas no eran lo que son ahora. Pero tenía su encanto no saber cuándo se iban a acabar.

Marcos escuchaba atento; después de varios días de desasosiego, algo le entusiasmaba.

—Debes de tener algunos recuerdos preciosos en esas cintas.

Julián afirmaba con una sonrisa de oreja a oreja, orgulloso.

—Pero, desde hace un tiempecito, que siempre será demasiado, Olivia ya no está conmigo —contaba Julián con los ojos húmedos y una sonrisa nostálgica—, y la manera que tengo de volver con ella, aunque sea un rato, es viendo nuestra juventud en las cintas. A ella le encantaba cuando lo hacíamos juntos. Incluso cuando estaba malita, era lo único que la animaba. Se me estropeó mi aparato y no tenía ganas ni de arreglarlo ni de comprar otro. Pero ayer soñé con Olivia y creo que me recriminó, no de buenas maneras, haber dejado de verla en la tele —dijo con una pequeña carcajada—, así que aquí estoy. ¡Cómo no voy a hacerle caso!

»Dame tu correo electrónico, te mandaré algunas imágenes cuando las digitalice, y podrás ver cómo era tu barrio hace varios años —le propuso.

A Marcos le gustó la idea y le apuntó la dirección de mail en un papel que estaba encima de la mesa. Le contó que lo había dejado con su novia tras diez años, y por eso estaba vaciando la casa y que incluso cambiaba de barrio, para empezar un poquito de nuevo.

—Si por mí fuera me iría incluso a otro país. No creas que no lo he pensado, pero me faltan ganas y un poco de valentía. ¿A dónde voy ahora? Por momentos me pregunto qué hago aquí. Ahora la mesa está coja —le decía con una triste sonrisa moviendo la mesa para demostrarlo, sin esperar una respuesta de Julián, quien le devolvió una sonrisa cómplice.

—Bueno, no te preocupes. El tiempo te enseña a ver donde antes solo mirabas, donde pensabas que no había nada.

Marcos asintió con la cabeza pensando en la frase. «Creo que no la entiendo del todo, pero qué bonita suena».

Julián se levantó explicándole que era tarde y debía irse si quería llegar a tiempo para verse con su amigo Antonio para tomar «el vinito de los jueves», como le llevaban llamando desde hace años a esa pequeña tradición.

A Marcos le motivó la idea para implantarla en su nueva vida y la apuntó mentalmente.

Julián le fue a pagar por el reproductor de vídeo, pero Marcos se negó y quiso regalárselo.

—Encima que ha venido usted hasta aquí y me ha dado tanta compañía. ¡Para el vino! —le sugirió amable Marcos.

Julián se marchó tras despedirse con un abrazo, Marcos recogió todo, apagó las luces, cerró la puerta y se fue a dormir a otra casa, por primera vez en diez años.

Al día siguiente volvió al piso, terminó de limpiarlo, de pelear la fianza con el casero y se fue a su nuevo apartamento. Esta vez para no volver, para terminar de poner punto final a una bonita etapa, pensaba mientras cerraba la puerta de la casa que había sentido, por primera vez, como su verdadero hogar.

Tras varios días en su nueva casa, tratando de poner todo en orden, le llegó un mail de Julián.

Lo abrió ilusionado al instante y leyó:

> Querido Marcos:
>
> Gracias por la amabilidad con la que me trataste el otro día. Sentí hogar tu casa, aunque fuera por un rato, aunque fuese un hogar huyendo, como quien dice.
>
> Antes de ir a conocerte y llevarme el reproductor VHS te confieso que no atravesaba mis mejores momentos. Aún me despierto y extiendo la mano al otro lado de la cama buscando una caricia que no está. Desayuno y echo el doble del café necesario en la cafetera. A la hora de comer sigo ponien-

do dos platos sin saber bien por qué. Será que me hace una compañía silenciosa, que es mi salvavidas de hielo.

No sé, en realidad, si quiero tener respuestas para esto. Solo sé que quiero seguir haciéndolo. Me hace bien.

Muchas veces las cosas que carecen de sentido son, en realidad, las que se lo dan a nuestra vida.

Ahora, cada tarde, veo mis cintas. A Oli creo que esto debe estar haciéndola feliz.

Nos veo en nuestro viaje recorriendo la costa de Almería en nuestro viejo Citroën negro. En nuestro bar que regentaba mi viejo amigo Jaime, que ya se fue, en la calle Gaztambide, donde íbamos cada jueves a reunirnos con nuestros amigos. Veo a mis hijos dando sus primeros pasos, a Olivia meciendo a José mientras me pide que deje la cámara y le ayude. Nuestros paseos por el Retiro, por el Rastro. Veo un atardecer en un mirador de Lisboa que jamás olvidaré. Ay, quién volviera.

Pero no sientas pena por este viejo hombre, ahora soy muy feliz, en parte gracias a ti. Me devolviste un Julián olvidado.

Gracias por todo, espero que la vida nos vuelva a encontrar. Estás invitado a los «jueves de vinos» cuando quieras, Antonio seguro que está encantado. Eso sí, cuando vengas, tiene que ser sin esta pena que me arrastras, que a Antonio no le gustan los tristes.

Con la ayuda de mi hijo José he digitalizado una cinta que me hace ilusión que tengas: es una grabación que hice hace mucho y dura todos los minutos que tenía la cinta de capacidad sin parar. En ella grabé desde que salía de casa de Olivia en la calle Gaztambide hasta llegar al Retiro, dando un gran rodeo. Creo que te gustará ver el Madrid de aquellos años.

Te abrazo con cariño,

JULIÁN GONZÁLEZ DE M.

Marcos terminó de contarme la historia de su casa vacía sonriendo, porque gracias a esa ruptura, a esa historia triste que, en condiciones normales, querría borrar de su cabeza, vivió una de las cosas más bonitas que jamás le habían pasado.

Porque, como dijo Julián:

«El tiempo te enseña a ver donde antes solo mirabas, donde pensabas que no había nada».

Terminamos el café, nos pedimos una copa de vino y nos fuimos a casa. Al jueves siguiente lo volvimos a hacer. Y al siguiente. Y al siguiente.

VARIOS

Los ojos también saben abrazar.

Me gustan los «soy mi mejor yo cuando estoy contigo...»,
los «tenemos que vernos más» que son de verdad,
los «me gusta verte feliz»,
los «¿cómo estás?» cuando de verdad quieren saber cómo estás.
Los «hoy me lo he pasado genial contigo» después de estar juntos.

Hacer de la vida un atardecer continuo.

Trafalgar

Hay un faro en Cádiz, el faro de Trafalgar, que es el lugar donde he encontrado, de manera más clara y contundente, la paz.

Allí veo la luz, la calma, el tiempo y los olores de manera diferente, veo el lugar donde me quiero hacer viejo con varios perros, un huerto y largos paseos por la playa y una gran barba blanca que no tengo ni tendré.

Siempre, cada vez que voy, al meterme en el mar miro al faro desde el agua, con la cabeza semihundida, mirándolo a ras del agua.

Se me queda la imagen como una fotografía mental.

Clic.

Y vuelvo a ella cuando necesito irme.

Quédate donde sin haberte ido ya estás pensando en volver, donde encuentras la manera de estar, de ser y de mirar.

Kintsugi

Un día, tomando un café en una terraza en la calle Clavellinas, un amigo me estaba contando que acababa de cambiar de trabajo. Estaba muy contento porque, por fin, iba a poder hacer algo que le gustaba de verdad.

Me entusiasmó verle así. Nunca le había acompañado la suerte en ese sentido; me gustó saber que la moneda, a veces, cambia de cara.

Hacía frío, pero nos daba el sol. Me gusta ese sol que calienta cuando más lo necesitas.

Al estirar la mano para coger su café le vi en la muñeca una cicatriz que no parecía reciente.

—¿Desde cuándo tienes esa cicatriz? ¿Qué te ha pasado?

—¿Esta? —dijo sorprendentemente contento—. Joder, de toda la vida, debía tener yo cinco o seis años según mi madre.

—Qué dices, pero si te conozco desde hace más tiempo casi que tu madre y no me había fijado.

—¿No? —dijo mirándola—. Fue en la piscina; mi hermano me empujó y me hice una herida al darme con el bordillo.

Yo pensaba, incrédulo, cómo podía ser que no me hubiera fijado antes si ahora, al verla, no podía ser más llamativa. Como cuando estás mirando un coche para comprarte y entonces no paras de verlo por la calle.

Él contaba la historia realmente feliz, más que cuando me hablaba de su flamante trabajo nuevo. Estaba dichoso, sonriendo de oreja a oreja.

Me gustó saber que una cicatriz te dice que dolió mientras, acto seguido, te dice que también sanó. Es una hermosa contradicción en sí misma.

Los japoneses llaman *kintsugi* a una antigua técnica de reparación de cerámica rota con oro.

Con oro para que se vea bien. «Oye, nos curamos».

Y ahora me acuerdo de que todos estamos hechos de esas veces. Cuando mi amigo Ricardo me tiró una piedra a la cabeza mientras le hacíamos una casita a las hormigas. Supongo que aquella vez lloré y odié a mi amigo. Pero ahora, años después, lo contamos entre risas, orgullosos. Y me ha hecho padrino de su hija. Me acuerdo de cuando me caí en el recreo del colegio o cuando me partieron la muñeca jugando al fútbol. Todos los recuerdos me hacen viajar.

Me gusta pensar que las cicatrices forman parte de nosotros y que el tiempo nos enseña a verlas como un regalo para recordarnos que a veces piensas que no puedes más, pero al final puedes.

Porque un «escucha esta canción» no significa solo «escucha esta canción,» significa «me acuerdo de ti».

Porque un «estoy orgulloso de ti» no significa solo «estoy orgulloso de ti», significa «me hace feliz verte feliz».

Porque un «buenos días» no significa «buenos días», significa «eres la primera persona en la que pienso al despertarme».

Porque un beso en la frente no significa solo un beso en la frente, «significa yo te cuido, tú me cuidas».

La belleza

Todo aquel que ha coqueteado con cualquier vertiente del mundo del arte sabe que encontrar sentido a la belleza es uno de sus ejes.

La belleza es la subjetividad en sí misma, es la relativización más profunda de la forma de mirar. Yo puedo encontrar la belleza en un cuadro de Murillo o de Velázquez y tú en uno de Picasso o Franz Marc.

Es una hermosa ambivalencia que nos dice que ninguno tiene razón y los dos la tenemos.

Unos dicen que está en la armonía y la proporción, otros que está en la naturaleza. También están los que sostienen que está condicionada por la cultura y la filosofía o la época en la que vivimos, o que está relacionada con las matemáticas y las formas geométricas, de forma que resulten visiblemente agradables.

En realidad, no importa. Porque la belleza lleva implícita la discordancia salvo en una cosa: lo que nos hace sentir.

La belleza, como todo, está en cómo te hace sentir, lo que te mueve los pies, lo que por dentro te hace sonreír.

Me gusta una sobremesa lenta recordando viejas historias,
me gusta cuando vivimos sin prisa, para ver mejor.

Me gusta cuando la gente regala tiempo,
cuando dos personas quieren reírse juntas,
para acabar con lágrimas de felicidad.

Me gusta la gente que ve fotos antiguas
y sonríe sin querer.

Larga vida a los que se atreven, a las risas que son más divertidas que el chiste, a las veces que sabes que lo mejor del juego en equipo es el equipo.

Una lata en la rueda, unas canicas y un flash

La nostalgia es una pelota atrapada en un árbol o en la casa del vecino. Son heridas en las rodillas al caerte al suelo. Es una lata puesta en la rueda trasera de la bicicleta para que suene como una moto.

Es «el juego termina cuando el sol se va», como *spoiler* con forma de metáfora de lo que, en realidad, es la vida.

La nostalgia huele a comida de hogar al llegar del colegio. Es sentirte inmortal, que nada malo puede pasar porque tienes al lado a dos superhéroes, aunque ahora me dé cuenta de que, en realidad, como todos, estaban muertos de miedo. Porque ahora soy yo quien tiembla.

La nostalgia es entender la ley de la gravedad gracias a una piñata.

Es la esperanza, al echar una moneda en una máquina de refrescos, de que salgan dos latas.

Nostalgia es «a ver quién corre más rápido» como reto vital. Es merendar un bocata de chocolate o de algo que ahora no queremos mirar a los ojos para mantenernos en el peso que nos hemos propuesto. Nostalgia es encontrar la belleza en una camiseta manchada de cualquier cosa.

Nostalgia es entender por fin qué era eso a lo que llamaban vértigo en los nervios del primer día de colegio, es el olor a goma de borrar. Es descubrir la emoción de las cosas que empiezan.

Es aspirar a una casa en un árbol como meta en la vida.

Nostalgia es hacer un hoyito con dos piedras para jugar a las canicas, es que te peine tu madre, y despeinarte tú con la mano segundos después porque no quieres ir tan peinado. Es mirar las formas de las nubes tumbado en el césped. Es decidir de qué color quieres el Sugus, o es el polo sabor Coca-Cola. Nostalgia es buscar tazos entre una multitud de patatas. Es «este lo tengo "repe", ¿me lo cambias?». Es «solo vale pisar lo blanco» en un paso de cebra.

Es tener miedo, pero hacerlo con miedo. Es ver posible lo imposible, es un ¿por qué no?

Nostalgia es gritar gol jugando con la portería instalada entre dos farolas como si fuera, porque lo era, la final del mundial. Es el borde de una piscina, y escuchar: «tierra, nadie». Es el olor a patatas sabor jamón. Es tu abuela regalándote chucherías y dándote dinero a escondidas, como si fuera la *capo* de una mafia de abuelas que persigue la Interpol. Nostalgia es «¿qué serie echan los lunes?».

Nostalgia es elegir el mejor escondite, es un Seat Panda rojo. Es un discman o un walkman. Es la palabra «rebobinar». Es sentirte un jeque árabe el día después de tu comunión. Nostalgia es terminar de comer y correr a ver los dibujos que tocaban en la televisión. Nada de elegirlos a la carta.

Nostalgia es un «no pasa nada», que ahora intento repetirme día a día.

Es un maletín lleno de rotuladores y cera, es el olor a plastilina, es pensar cómo eran capaces de darnos un punzón en el colegio. Es poner *El rey león* en una cinta de VHS y rezar para que no hayan grabado encima. Nostalgia es un boli metido en una cinta de casete. Es llegar con una escayola a clase y sentirte el rey del colegio porque tus amigos te la firman mientras cuentas la batallita de cómo pasó. Mártir por la causa.

Nostalgia son los cinco minutos más. Y tenerlos.

Es que llegue septiembre y no recordar cómo se cogía un lápiz. Es una pulsera en la muñeca y otra en el tobillo que tú has hecho con tus primos. Es la rivalidad eterna para demostrar que los de sexto B somos mejores que los del A. Es pensar con quién te sentarán en clase: «¿Será al lado de la persona que me gusta?».

Nostalgia es escribir notitas en un trozo de papel y sentir la tensión de que tu profesor te coja, como si trataras de pasar droga en una aduana.

Es saberte el más querido del mundo por tus tíos, abuelos y padres, y no ser consciente. Es poder ser un pirata, una superheroína o un ladrón en el mismo día.

Es descubrir la valentía subiendo a un árbol.

La nostalgia es borrar unilateralmente la palabra preocupación del diccionario. Es hacer de «vivir es jugar» un mandamiento.

Nostalgia es haber llevado la inmortalidad a la literalidad.

Nostalgia es estar viviendo la mejor época de tu vida y no darte cuenta. Y entender que, quizás, por eso lo es.

El sol se va, todo vuelve a empezar,
podemos volverlo a intentar.

Larga vida a los atardeceres que ves una vez,
pero se quedan para siempre.

3 __ *Mientras anochece*

Larga vida a los que brillan
haciendo brillar a los demás.

Estrellas

En verano me gusta salir al jardín de la casa de mis padres y charlar un largo rato con mi madre. Hablamos del calor que está haciendo o de qué comeremos mañana, pero, sobre todo, me gusta cuando me cuenta historias de mis abuelos, de ella de pequeña jugando con su hermana en un patio alrededor de un limonero y de anécdotas que desconocía de mi familia.

Cuanto más me cuenta, más feliz estoy.

Cuando empieza a refrescar, se mete en casa. Le digo que me quedo un rato y me pide que no tarde demasiado, que si me acuesto tarde no dormiré bien.

Me quedo tumbado mirando las estrellas y me gusta saber que cuanto más tiempo miras, más estrellas ves. Y más, y más.

«¿No es eso la vida?», pienso.

Quiero creer que cuando empiezas a ver las cosas ordinarias como algo extraordinario ya no hay vuelta atrás y si no dejas de querer mirar, no dejas de ver más y más.

Hasta que tu cielo está llenito de estrellas.

Las luces de la ventana

Por delante de nuestros ojos pasan multitud de vidas, de historias no contadas, aún no escritas. Por delante de nuestros ojos pasan las preguntas que no tienen respuestas, la vida que se improvisa.

El piso donde vivimos en Madrid tiene en la parte trasera un patio interior gigante que conecta nuestro edificio con el de las calles paralelas y perpendiculares. Ana me cuenta que, durante la cuarentena, se hicieron amigos de una señora mayor y un par de niños, que salían a aplaudir a las ocho de la tarde a los sanitarios que nos cuidaban. Ella en el edificio paralelo al nuestro y los niños, junto con sus padres, en el perpendicular, por lo que no compartían portal. La de veces que se habrán cruzado por la calle, la de veces que uno habrá dejado pasar al otro por la acera. La de veces que la señora miraría con ternura a esos niños al verlos al lado de su portal con la cara lavada y pelo empapado en colonia.

La de veces que nos perdemos cosas por no fijarnos.

En ese mismo patio, cuando se hace de noche, me gusta ver ese mar de ventanas encendidas y pensar que dentro hay una vida. Una vida que se está construyendo, que está en pleno auge, que alguien lee, que alguien llama a su pareja para que pruebe la crema de calabaza que acaba de hacer.

Me gusta pensar que suena una tenue música que hace mover levemente los pies a los que la escuchan en el salón. Me gustan las preguntas que no tienen respuestas, porque hacen que todas puedan ser la correcta. Me gusta que la vida nunca te dé las respuestas, no jugamos con las cartas marcadas, aquí no hay *spoiler* que valga. Larga vida a la improvisación.

Una luz se apaga, alguien se va a dormir. Otra se enciende, alguien llega.

Y no más que eso es la vida. Luces que se apagan y se vuelven a encender. No saber las respuestas, no necesitarlas. Música lenta, olor a comida. «Ven, cariño, tienes que probar esto». La vida es querer a alguien a quien conoces en un balcón y desconoces en la calle. Porque da igual, no necesitamos la continuidad, la perennidad; nos vale con unos ratitos. Esos niños entraban felices a la casa desde el balcón. Esa señora sonreía cuando volvía a sentarse en su sillón a leer o a ver *España directo*. Y ya está.

Alguien que quiere escribir nunca debe dejar de viajar en autobús. Por lo que escuchas, lo que ves, lo que imaginas.

Dos señores que se quedan de pie en el rellano central del bus, que charlan sobre el bello gol que metió ayer un niño que por lo visto es el sucesor de Messi y juega en Inglaterra.

Un señor mayor y una chica joven charlan sentados en la parte delantera, sobre los trabajos que tiene que hacer ella en la universidad.

Una mujer de mediana edad que habla por teléfono, pone excusas, pero al final accede: «Vale, estaré allí a las diez. ¿Llevo algo para cenar?».

Y así, una historia tras otra de vidas entrelazadas, aunque sea de manera breve. ¿Desde hace cuánto se conocerán los dos señores que hablaban de fútbol? ¿Cuántas veces habrá consolado el uno al otro por amores dañinos, por trabajos insufribles? La chica lleva de paseo a su abuelo a comer a un restaurante maravilloso que le han recomendado. Él escucha. Le da exactamente igual que su nieta tenga un trabajo de física o lo que sea, le da placer el mero hecho de escuchar su voz, de saber que ella dedica un rato de su joven y vertiginosa vida a pasarlo con él. Ha salido a su madre, piensa.

Ella no quería, pero sí quería. Le daba vergüenza por no conocer a nadie, pero al final le convenció. Allí, esa misma noche, en la cena a la que no quería ir, conocerá a la persona con la que pasará el resto de su vida. Y todo porque llevó un vino de la tierra de ella.

Es impresionante la manera que tiene Hopper de retratar la perspectiva desde la que miramos las vidas ajenas. La soledad, las luces, la compañía.

Las vidas ajenas pasan por delante de nuestros ojos. No sabemos nada de ellas, no tenemos la menor idea de lo que hay detrás de toda historia. Pero si a veces no lo sabemos de nuestra propia vida, ¿cómo lo vamos a saber de la de los demás?

Las primeras veces que yo fui al piso de Ana escuchamos ruido en el patio. La señora y los niños estaban volviendo a hablar. Nos unimos nosotros —a la escena, no a la conversación—, y varios vecinos desconocidos más. Se preguntaban cómo les va, a qué juegan ahora, qué ven por la tele y cómo están. «A ver si acaba esto ya», se repitió varias veces.

Porque todo vuelve, porque nunca nada se va para siempre.

Larga vida a las personas que son tiritas de la vida.

Mi vecino

Tengo un vecino al que no conozco, no le he visto la cara nunca. Ni siquiera sé su nombre. Vivimos puerta con puerta, pared con pared. Tan solo alguna vez que yo llegaba al rellano que compartimos y él justo entraba, le vi la espalda, pero no la cara. Otras veces justo yo salía de casa y él acababa de entrar.

Tampoco tengo curiosidad por su cara, tan solo por darle forma a su inconformidad, quizás por saber su nombre, por intriga, pero no me preocupa demasiado, porque yo me lo imagino, mi mente ya se ha encargado de inventar su cara a su manera, no me hace falta, en realidad, saber cómo es.

Mi vecino es, a día de hoy, la persona más insistente, inconformista y *pesada* que conozco.

En una relación de vecinos que comparten pared, puede parecer que todo molesta, y más en pisos en los que ese muro compartido parece no ser demasiado grueso.

Pero es que no tengo nada contra él, y podría tenerlo, no creas, pero no.

A veces pienso que debería dejar el café que estoy tomando, llamar a su puerta y decirle a grito vivo: «Tío, ya está bien, ¿no? Es un mi de manual, joder». Pero es que hay otras que quiero coger una revista y recortar letras para enviarle un anónimo dándole las gracias por la compañía. Y en esas estoy, debatiéndome entre ser un vecino loco bueno o un vecino loco malo.

De momento, por suerte para mi dignidad, me mantengo al margen.

Mi vecino debe dedicarse a algo por las mañanas, debe tener algún trabajo a media jornada, porque yo, que trabajo en casa muchas veces, no lo suelo escuchar. Pero al mediodía sí.

Supongo que llega de su trabajo, pongamos, como reponedor en el súper, se calienta el sobrante de la cena de ayer mientras se pone cómodo y enciende la televisión.

Elige Neox, porque no falla: siempre *Los Simpson* y *Friends*. Es un tipo que parece acusar de sordera. O eso o el muro que nos separa es más frágil aún de lo que imaginaba. Pero es que me cae bien.

Tras comer la lasaña que le sobró de ayer, se tumba media horita a descansar y empieza su inconformismo.

Desde que llegué a este piso, cada tarde, sin excepción, no ha fallado a su cita una sola vez. Y si lo ha hecho, yo no estaba en casa. No exagero.

Mi vecino toca el violín, pero es que está en proceso de aprendizaje de dos piezas en concreto.

No sé cuánto tiempo lleva tocando este instrumento, pero intuyo que el suficiente para impresionar a algún ligue a quien se lleve a casa, pero no tanto como para haber aprendido esas dos piezas en un mes en vez de en un año.

Mi vecino no cesa, no para de intentarlo.

Tiene días buenos y malos, y varios regulares, pero no para, nunca para. Aunque no sea su día, lo sepa, y quiera dejarlo a los cinco minutos y volver a ver *Friends*. No, no para.

Porque acepta el error, acepta el proceso. Mi vecino acepta que las cosas salen mal y salen bien, que no existe la perfección en la imperfección. No busca esa idealización del proceso perfecto, sino la aceptación del error como parte del juego.

Esto que, quizás, sobre el papel suena demasiado bien, es lo difícil de aprender no ya del proceso, sino de la vida. La vida es una secuencia continua de errores. Errores que frustran, con razón, errores que minan la moral, con razón, y errores, la mayoría, que enseñan, que, con razón, es lo difícil de conseguir.

La inconformidad como proceso.

Huir de la meta, quedarse a vivir en la imperfección del proceso.

Me gusta cuando me cuentan historias en las que un error se convierte en una obra de arte. Error como resultado no deseado. El accidente reivindicando querer ser arte.

Un cuadro, una canción, una escultura o un libro que nació como una cosa o con una forma y, al terminar, el proceso te enseña que el final debía ser otro completamente diferente.

Y ahora pienso: si yo escucho a mi vecino, ¿qué pensará él de mí?

¿Y si no es tan imposible como parece?

Me gusta la sensación de cuando
te estás riendo con alguien
y te das cuenta, en ese preciso instante,
de lo feliz que eres con esa persona.

Aeropuertos

Fuimos juntos a la universidad, aunque pisamos más veces la cafetería que las clases. Pero éramos buenos estudiantes y pasábamos todos los cursos limpios de asignaturas. Sabíamos buscar buenos apuntes, nos veíamos en los pasillos como quien está trapicheando con sustancias sospechosas.

—He conseguido esto, Contabilidad I, de Carmen, la letra se entiende perfectamente.

—Genial, buen trabajo.

Al terminar tercero me propuso hacer un viaje por el sur de América a lo mochilero. Lo hicimos. Nos fuimos juntos, pero volví solo. Porque se enamoró pronto y rápido, como son los buenos amores.

No le costó tomar la decisión porque aquí me tenía a mí y unas ganas locas de romper con todo, como siempre me decía.

Ahora vive en Argentina, después de quince años, y tiene un hijo al que le puso mi nombre, Mate, y al que quiero creer que lleva cada domingo al campo de Newell's.

Me escribe por carta porque le gusta su cercanía, a diferencia de los correos electrónicos. Una cada dos o tres meses, que siempre respondo.

La última me hizo parar y que una lágrima bajase por mi cara como una gota se desliza por el cristal en un día de lluvia.

«Querido amigo, el próximo mes no hagas planes, estaremos allí Mate, Elena y yo, llegaremos el martes siguiente a las once de la mañana, hora de ustedes».

Me levanto con ganas, como el que mira algo que acaba de descubrir, como me enseñó Pablo. Le doy de comer y saco a pasear a Limón, mi dálmata. Miro con cariño la foto, que me mandó en una de las cartas y que tengo colocada en la esquina inferior derecha del espejo de mi cuarto, de Mate cogido en brazos por su padre, mientras me termino de vestir.

Consulto el reloj. Aún falta. Pero podría ir yendo, por si cojo atasco. Por si el avión se adelanta. O porque quiero que el momento llegue cuanto antes.

Le hablo a Limón de ellos mientras termino de coger todo, le digo que se tiene que portar bien, que se van a quedar unos días en casa. Me pide que le tire la pelota. Llamo a mi hermana, que va a venir a verle esta misma noche. Mis padres lo harán mañana.

Miro la chapa del 87 que rescaté de una caja de cartón y que dejé cerca de la foto de Mate.

Llego con tiempo, vuelvo a mirar el reloj. Me quedo de pie esperando, con una bolsa llena de regalos para Mate. Doy paseos de un lado a otro, pero sin ir a ningún lugar. Miro las pantallas del aeropuerto. Estoy nervioso, sin saber bien por qué. Estoy rodeado de gente que están esperando que alguien llegue.

Miro a mi alrededor y hay una pareja de personas mayores esperando, seguramente, a uno de sus hijos. Hay un matrimonio algo más joven, agarrados del brazo, con ansia en la cara, sin parar de mirar a la puerta de salida. Imagino que uno de sus hijos está por volver de su primera experiencia fuera. Hay un chico con un ramo de flores y una chica con una hoja de papel en la que se puede leer: «Pedro, por fin en casa».

Es bonita la concentración por metro cuadrado de esperanza, felicidad y nostalgia que reúne la sala de llegadas de un aeropuerto.

«Joder, han pasado casi quince años», pienso.

Y podrían pasar quince años más. Que siempre serán muchos, pero nunca los suficientes para que todo aquello que construimos se venga abajo. Para que el tiempo parezca que nunca ha pasado. Que los kilómetros se achiquen. Que ensanche mi vida, y yo la suya, cuando estamos juntos.

Que tengo que estar, porque un día se lo prometí. Y que al vernos volvamos a ser esos chavales de veinte años que solo le tenían miedo a no vivir lo suficiente.

¿Acaso no es eso la amistad?

Porque a la vida, como a todo, hay que dejarla que coja la velocidad que quiera, porque si le imponemos la nuestra, las cosas se estropean.

Quédate donde querer bien valga más que mucho.

¿Dónde vas cuando estás muy feliz
y sabes que quieren compartir esa felicidad contigo?

Paradoja 3

Descubrió que era valiente
hablándole a sus miedos.

Un día de tres horas

Cuando empecé con Ana, ella vivía en Madrid y yo en Sevilla. Iba a verla mucho y, a su vez, ella bajaba también a menudo, porque tanto sus amigas como su madre viven en Sevilla.

Cuando iba a verla, aprovechaba para quedarme unos días con ella. Hacíamos muchas cosas por primera vez. Era bonito el vértigo de las cosas que recién empiezan. La primera vez que fuimos a cenar juntos, a un restaurante que ella eligió. La primera vez que fuimos a dar un paseo por Madrid o la primera vez que le puse una canción mientras preparábamos pasta en la pequeña cocina que tenía en su piso.

Comenzamos a descubrir cosas el uno del otro.

Yo duermo mal, tú duermes bien. Me gustan los museos. A mí también. Me encanta *Friends*. Cásate conmigo. Me da miedo volar. A mí, que se vaya pronto la gente que quiero. Mi comida favorita es la lasaña. La mía, las croquetas.

Y así.

Aún hoy, cuando hacemos algo por primera vez juntos, nos lo decimos. Es la primera vez que estamos juntos en Francia, ¿sabes que es la primera vez que comemos juntos en un chino?

Y así.

Las primeras veces que me quedé a dormir en su casa, para sorpresa de todos y de nadie, fue ella quien no podía dormir y yo caí como un tronco. En un acto de solidaridad suprema con ella, me desperté y estuvimos charlando. Eran las cuatro y veinte de la mañana.

Fui a la cocina a buscar agua y me dio las gracias cuando le traje la botella directa del frigorífico.

Hablamos de la fugacidad del tiempo; tan solo hacía unas semanas que nos conocíamos y ya era como si hubiéramos ido juntos al colegio, como si me hubiese invitado a su comunión, y mi padre y el suyo hubieran ido juntos a la mili.

Me dijo dónde estaban las mantas; me gusta ser invitado en una casa ajena, donde me van dando indicaciones de dónde están las cosas. Tras eso, abrazados, nos quedamos hablando durante horas. No recuerdo exactamente de qué, y da igual en realidad.

Nos dio un ataque de risa cuando nos acordamos de nuestra charla con el conductor del taxi del día anterior, Cecilio.

Cecilio nos contó que un amigo suyo le había pedido que le llevase flores a una mujer que estaba conociendo y aún no la había visto. Su amigo se había arrepentido y le pidió abortar la misión. Nosotros le insistimos en que lo llamase y le dijera que lo hiciese. Él se convenció y nos dijo que en cuanto nos dejase lo iba a llamar.

Me gusta pensar que las flores llegaron.

Al rato a Ana le entró hambre y nos fuimos a comer el resto de la cena.

Yo no tenía hambre y ella me advirtió que, cuando calentase la tortilla de patatas y me llegase el olor, iba a querer. Yo le dije que no, que no se preocupara. Pero de repente me apeteció. Y la compartió conmigo.

Créeme, eso es amor; quedaba un trozo muy pequeño.

Nos volvimos a dormir sobre las siete de la mañana, ya de día. Recuerdo, hablando de esas tres horas despierto con ella, que me dijo que fue como un regalo, como un día más. Un bis. Como esa canción extra en un concierto, cuando los músicos incluso se han despedido, pero vuelven. Un día de tres horas.

Me dijo que se había sentido como si, por un rato, viviéramos en un mundo paralelo.

El mundo dormía. Nosotros charlábamos y comíamos los restos de la cena de ayer. Después, nos volvimos a acostar.

Estar sentado frente al mar, escuchar llover.

Un atardecer con el cielo llenito de colores,
que no termina de acabar.

Que te acaricien la espalda.

Una risa contagiosa.

No deja de ser maravilloso que, para tenerlo todo,
a veces no haga falta nada.

Que no nos falte quien sea feliz al vernos llegar.

El jardín de mi madre

Desde un tiempo a esta parte vengo pensando que la felicidad tiene más de entender que de esa explosión de alegría que siempre nos han querido vender. Son muchas las veces que miramos atrás, recordamos un momento concreto y, entonces, caemos en la cuenta de lo felices que estábamos siendo en ese momento.

¿Nos estábamos dando cuenta mientras lo sentíamos?

Probablemente no.

La felicidad es cambiante, no solo con ciertas etapas de nuestra vida, también casi a diario. La felicidad está viva. ¿Elegimos las cosas que nos hacen felices? No creo que sea tanto elección como predisposición.

Mi amigo Carlos es una de las personas que forman parte de mi vida a la que más admiro. Estuvo varios meses viviendo en una comunidad indígena en el Amazonas para enseñarles a hablar y escribir a los niños en español e inglés. Recuerdo que un día le pregunté cuál era el mayor aprendizaje que se traía de vuelta tras varios meses conviviendo en la selva con ellos.

—La capacidad que podemos llegar a tener de ser felices con muy poco.

Sinceramente, me esperaba otra cosa. No mejor, porque me parece inmejorable la respuesta, sino porque me di cuenta de que estaba completamente equivocado.

Me dejó pensando más tiempo del que, probablemente, Carlos piensa.

En mí se plantó esta semilla en la cuarentena, cuando todo aquello que dábamos por hecho dejó de serlo. Teníamos que reinventarnos. La felicidad cambiante. Ahora, de repente, nos hacía felices sacar la basura. Y con la respuesta de Carlos di otro pasito para que el sentimiento floreciese.

Estar cocinando y que te llegue un olor rico. Sentir la arena de la playa entre tus dedos. El agua fría del mar. El lado frío de la almohada en verano. Una sonrisa correspondida. «¿Nos vemos?», cuando es de verdad. Un mensaje de buenas noches. Andar descalzos. Que te digan que están orgullosos de ti. Ver a alguien a quien quieres feliz. Un jardín bonito. Andar por un museo con poca gente. Una sobremesa en familia. Los abuelos. La sonrisa descontrolada de un niño. El cielo cuando se llena de colores en un atardecer.

No es que todos seamos felices con las mismas memeces, sino que sepamos elegir dónde encontramos la felicidad, que, de alguna manera, aprendamos a atender a la vida. Que aprendamos a mirar. Estar cuando estás. Estar donde estás.

Saber cuándo la vida está haciendo clic.

Ha sido con el paso del tiempo que la ciencia, observando a determinadas personas que sufrían enfermedades cerebrales, ha podido avanzar mucho en el estudio y conocimiento de determinadas zonas del cerebro, y, gracias a ello, descubrir que, según qué pensamientos se tengan, el cerebro se activa de una u otra manera.

Ahora, una vez que sabemos que nuestro cerebro nos dice: «Esto me gusta. Esto no», depende de nosotros atender a esos estímulos. Atender, observar, aprender a mirar. Encontrar.

Son muchas las culturas y religiones que se han interesado por ello a lo largo de la historia, desde el budismo hasta los estoicos, pasando por la cultura y filosofía japonesa.

En esta última, se han preocupado durante milenios por el estudio de la felicidad, el sentido de la vida hasta encontrar nuestro clic. Existen muchas teorías que hablan de las diferentes vertientes y perspectivas.

Una de ellas, es el *ikigai*: se compone de dos caracteres japoneses, «iki», que significa «vida» o «estar vivo», y «gai», que se traduce, generalmente, como «valor». En conjunto, *ikigai* se suele traducir como «la razón de ser» o «el sentido de la vida».

Mi madre me ha enseñado mucho de esto, creo que, sin ser del todo consciente, ni ser, precisamente, una seguidora de la filosofía japonesa.

Y me lo ha enseñado a través de su jardín y el amor por las plantas. Ahí hallé una de las vías en las que encuentro la calma y la paz.

No es de extrañar que la filosofía japonesa siempre haya tenido como uno de sus ejes la conexión con la naturaleza, las plantas y los jardines. Quizás sea por la belleza de lo efímero, de la imperfección y el paso del tiempo.

El jardín de mi madre es un refugio, un asilo donde acudir cuando no sabes bien dónde ir. Al menos para mí.

Está lleno de flores por todos lados, mi madre se puede pasar las horas plantándolas y, más importante, dándoles mimos día a día.

Sentarte a mirarlo es, a veces, estar dentro de un cuadro de Renoir o Monet.

Cuando voy allí unos días intento estar todo el tiempo fuera, en el jardín, y miro las plantas, intento recordar cómo de altas estaban la última vez que estuve allí. Se lo digo a mi madre y nos pasamos un rato hablando de ellas.

«Hay que ver lo bonita que está la lavanda. Tenemos que poner aquí un cerezo, quedaría precioso. La mimosa está empezando a echar flores. ¿Has visto la platanera? Verás esta noche, cuando empiece a oler la dama de noche».

Ay, la dama de noche.

Es una planta que desprende un olor que casi puedes tocar con los dedos una vez que el sol se pone. Es de esos olores que te transportan, de los que se quedan en tu memoria a vivir para que después, en unos años, venga de nuevo a verte y te lleve adonde la oliste por primera vez. Mi madre la plantó en casa porque le recordaba a la casa de su niñez. Al patio donde jugaba con su hermana, donde miraba a su padre, donde hablaba con su madre.

Y yo haré lo mismo con la mía. Para que me recuerde al patio donde bromeo con mi madre, donde mis hermanos y yo charlamos, donde juego con mis sobrinos y donde encuentro la paz más verdadera.

Porque un hogar son sus olores, las canciones que suenan, sus horarios, sus plantas y sus personas.

A veces, cuando estoy allí y estoy teniendo un día un poco estresante, salgo al jardín, me descalzo y me pongo a regar.

Me gusta ver cómo el agua cubre las hojas de las petunias, de los geranios de la ventana, de la buganvilla, de la bignonia o del jazmín blanco que, cada día, echa flores.

Cuando pienso en mi madre, pienso en ella en el jardín. Y pienso en ella feliz. Y quiero que sea así siempre. La veo recogiendo las flores del jazmín cada día. Se pasa un rato delante de él. Es inmenso, le dobla en altura. Dedica un buen rato a escoger las flores que cogerá. No hay prisa, ¿para qué? Es ahí que me doy cuenta, que daría todo por parar el tiempo.

Después, con las flores blancas entre las manos, como quien lleva un pequeño tesoro, entra en casa y va hacia un mueble que tenemos en una esquina del salón para dejar las flores a los pies de un marco con doble foto, en el que aparecen su madre y su padre.

Muchas veces no son las cosas, es dónde nos llevan esas cosas.

Es entender que la vida hizo clic.

A la vida se viene a ser feliz a ratos, a repetirte que a veces no pasa nada por no poder con todo a la vez.

Se viene a cuidar y a dejarte cuidar, a llorar más de alegría que de pena.

A la vida se viene a dejar que te atraviese como un rayo a un árbol, a vivir las cicatrices, a abrazar los miedos.

Se viene a cantar a gritos en el coche, a besar lento, a disfrutar del primer baño del año en el mar mientras haces el muerto flotando en él.

A la vida se viene a ser, más que a estar.

Una carta para mi nieto

Equivócate todo lo que haga falta, no tengas miedo al error, ten miedo a no intentarlo. Viaja solo. Escucha el mar, a veces parece que te habla.

Anda descalzo, di el te quiero, bebe el vino, da el brazo y aprieta. Pide el beso.

No pidas nunca la última, brinda otra vez, escucha a las personas de tu vida, te están esperando.

Aunque la vida empiece muchas veces, no vas a vivir dos veces.

Abre los ojos bajo el agua, deja que el viento te dé en la cara cuando cojas velocidad, baja las ventanillas del coche al llegar cerquita del mar. Sonríe a los desconocidos; a veces, te regalan una sonrisa de vuelta.

Regala tiempo.

Pregúntate por qué no, no por qué sí. No tengas miedo a ser el primero, a pensar que es posible.

Deja que la vida te vapulee, que tus ojos aprendan a hablar, a decir más cosas que tu boca.

Siente, conoce, llora, repítete más veces que no pasa nada, porque no pasa nada.

No pases la vida sin que la vida pase a través de ti.

Larga vida a los «¿y si sí?».

Un simple viaje en coche

He intentado ir aprendiendo multitud de cosas en mi vida, unas más útiles que otras, desde las raíces cuadradas, saber si esto es complemento directo o indirecto, hasta tratar de entender —preguntarle a mi padre— cosas que para el resto del mundo tienen poco sentido, pero que él, como físico, entiende y explica a la perfección, haciendo honor a su vocación de profesor ya jubilado.

De hecho, una de las cosas que más me obsesiona a día de hoy, y de las que más orgulloso me siento de mi yo actual, es que quiero seguir aprendiendo algo todos los días. Conforme me he ido alejando más de mi —teórica— etapa de aprendizaje, mi sed de conocimiento ha ido creciendo más y más. De manera inversamente proporcional.

De todas las cosas que he aprendido, sin duda a la que mayor rédito le he sacado es a saber estar solo, a saber dar, de vez en cuando, un par de pasitos al lado, huyendo de lo que no me está haciendo bien.

A Ana y a mí nos encanta viajar en coche juntos, es una pasión compartida. A mí me gusta viajar con ella y a ella conmigo. Nos microenfadamos porque nos pasamos la salida como yo le había advertido; ella se ríe cuando yo me desespero con el paso de las horas dentro de ese habitáculo y empiezo a hacer el tonto. Escuchamos a Jaime Rodríguez de Santiago en *Kaizen*, su maravilloso *podcast*. Cantamos a viva voz con Leiva o con nuestra «Charo» de Quique González, y también pasamos largos minutos en silencio. Cada uno con sus pensamientos, sus cosas, pero uno al lado del otro.

Y qué más da, si la cuestión es estar juntos.

Hubo un tiempo, en uno de nuestros miles de viajes Sevilla-Madrid, que nos dio por adivinar las capitales del mundo. Nos reíamos y aprendíamos a partes iguales. Me gustaría contarles a nuestros futuros hijos cómo su madre y yo pasábamos largas horas en el coche una semana sí y otra también.

En ocasiones, esto pasa en los viajes y, cuando tenemos ambos un café en la mano, hablamos de cosas que tratan de ahondar un poco en la vida del otro. En ponerte las gafas de bucear e intentar saber qué hay en lo más profundo de la persona con la que pasas tanto tiempo.

Nos aseguraremos el futuro, la felicidad eterna, si tenemos una vida rodeada de gente que no deja de sorprendernos. Huir de lo llano, lo monótono.

Ana me preguntó una vez qué pediría yo en un amigo. Estuve un par de segundos reflexionando y automáticamente dije algo sin pensar, pero que ha sido lo más cuerdo que he dicho en mi vida. Aún pienso que no lo dije yo, sino, como dice a veces Juan Amodeo en sus maravillosos monólogos, la personita que tenemos dentro.

La respuesta que di tiene poco de glamurosa, pero mucho de utilidad, al menos para la vida que quiero tener. De hecho, extrapolo la respuesta más allá de mis amigos, le cargo esa responsabilidad a toda persona que me rodea.

—Flexibilidad.

Probablemente, Ana, al escuchar mi respuesta se preguntaría si estaba contestando a su pregunta o diciendo palabras aleatorias en voz alta.

—¿Flexibilidad?

—Flexibilidad.

Me gustan los amigos, las personas en general, que son flexibles o, en su versión glamurosa, empáticas. Saber entender qué necesita la persona que tienes al lado. Si necesita estar solo, acompañado, echarse unas risas, unas cervezas o que la dejes en paz.

A *priori* creo que todos pensamos que es fácil, pero si reflexionamos un poco veremos como no es tan sencillo. Me parece uno de los ejes de una buena y sana amistad, así como de la vida en pareja.

Entender que una persona pasa por un momento determinado y hay cosas que sí y otras que no.

Yo quiero alguien que sepa que, si no quiero estar en la calle por muy buen día que haga, lo acepte y me diga que ya la próxima será mejor. Quiero que me deje estar solo si eso es lo que me hace falta y que me haga compañía cuando llegue el momento.

A veces no necesito que diga nada, tan solo que esté.

Me recuerda a cuando en *Friends* Phoebe se enfada con Joey porque la deja plantada por un ligue y, cuando la situación da la vuelta y termina con Phoebe destrozada, Joey, lejos de enfadarse, consuela a su amiga porque tiene la empatía suficiente para entender que a veces hay cosas más importantes que lo que nosotros pensamos que es la verdad absoluta.

Todos somos complejos, difíciles y por momentos insoportables, con algo dentro que solo nosotros entendemos, nadie más.

Soy de los que piensa que no necesitamos a nadie en la vida, pero, sin embargo, estar con alguien que te sepa leer, escuchar, observar y entender es lo mejor que te puede pasar, no hay comparación. Porque, seguramente, ese alguien sabrá enseñarte a estar solo cuando lo necesites, pero siempre acompañado.

Y esa maravillosa contradicción es el eje de todo.

Por eso es fundamental elegir bien quién va a ir a tu lado en los largos viajes en carretera.

Ser feliz es darse cuenta.

Quédate con quien se queda contigo a ver amanecer, con quien se queda a escuchar para entender, con quien todos los días parece que vais a llegar a la Luna.

Quédate con quien nunca se va del todo, con quien siempre llega a tiempo.

Volver

Llegó a la casa donde se había criado de niña, tras décadas sin volver. Se fue a estudiar a Estados Unidos, se echó novio, se casó, tuvo dos hijos y no encontró nunca el momento para regresar. En ese orden. Por el camino, varias peleas con sus padres, donde la distancia aumentaba de forma exponencial las discrepancias hasta convertirlas en varias semanas sin hablarse. Padre e hija siempre han tenido el mismo temperamento, decía a menudo la madre, habitualmente en medio de la disputa.

Los primeros años de ella en Nueva York iban siempre sus padres a verla, hasta que, con la edad, dejaron de poder ir. Ella no encontraba nunca el momento de coger el avión. Siempre lo dejaba para después.

Ahora sus amigos estaban allí. El colegio de sus hijos, los compañeros de trabajo, la cena con los amigos de su marido, la cerveza de los miércoles con su amiga Lilly.

Las discrepancias fueron a más y estuvieron años sin hablar. La madre, sin embargo, sí la llamaba a menudo, para saber qué tal estaban sus nietos, que si no era posible la reconciliación y que cuándo iba a ir. Le daba igual encontrar siempre la misma «a ver si nos organizamos y vamos» como respuesta.

Ahora su padre no estaba, una rápida enfermedad hizo que se apagase como una vela. Su madre la llamó, le contó lo que había pasado y le pidió que viniese. A ella le costó decidirse por el tiempo que había pasado, pero finalmente lo hizo.

Llegó tras muchas horas de vuelo. Veinticinco años después entraba de nuevo por esa puerta que dividía la calle de un pequeño patio llenito de flores.

Todo ahora parecía más pequeño. La puerta, el banco del fondo del patio donde se solía sentar su padre a leer el periódico mientras ella jugaba, que seguía en el mismo sitio. El salón, las ventanas, los pasillos.

Era una extraña sensación.

Su madre la recibió con un sentido y largo abrazo. Ambas lloraban. La madre, entre sollozos, le pedía que no se preocupase, que su padre se fue tranquilo, sin rencor.

Ella sentía por dentro un nudo, el que te dejan las cosas sin decir, sin hacer.

Habían pasado ya tres semanas desde que su padre se fue, pero aún seguían apareciendo vecinas para cuidar de su madre, llevarle comida y para tomar un café. La vida de pueblo. Todas las conversaciones con ellas tenían el mismo punto común: ha vuelto la niña.

La casita era muy bonita, por la puerta por la que se entraba tenía el patio donde ella jugaba, con helechos y lleno de pequeñas flores en los arriates, perfectamente cuidados por su madre. Por la parte trasera, otro patio, este con unas vistas imponentes al mar.

«Cómo he tardado tanto en volver», pensaba al mirar la inmensidad del mar.

Su madre estaba organizando las cosas de su padre y le pidió que le echase una mano mientras ella se iba al mercado a hacer la compra.

Se quedó sola en esa casa por primera vez en muchos años.

Empezó a observarlo todo sin prisa, sabiendo que cuando su madre iba al mercado era para largas horas, porque hablaba con una, con otra, con el pescadero y, cuando se daba cuenta, había echado la mañana entera.

Las fotos de sus padres de jóvenes en una Gran Vía de Madrid desconocida, fotos de ella de pequeña, de las hermanas de su padre. Y libros, muchos libros. Su padre era un gran lector.

Al llegar al cuarto, donde su madre le había pedido que se centrara, empezó a doblar ropa y a ponerla encima de la cama. Tras limpiar el polvo, se sentó sobre la colcha, desde donde vio una caja de madera que llamó su atención, guardada en el altillo del armario, que estaba abierto.

La cogió. Vio que tenía apuntada en la tapa: «Cámara de fotos». La abrió y vio la cámara, preciosa, una reliquia, y un sobre con cientos y cientos de fotos antiguas. Todas con algo escrito detrás.

El nudo que sentía dentro se apretaba más y más. Cogió la caja y se fue a la mesa de hierro donde desayunaban mirando el mar.

Cientos de fotos que la llevaban a cientos de lugares, de olores, de texturas, de recuerdos.

Lloraba y se imaginaba a su padre sentado a su lado, observando cómo diseccionaba todas y cada una de las fotos, mirando al detalle cada cosa que aparecía en las mismas.

Su padre, a su lado, fumando, como solía hacer, con las gafas colgando del cuello, con la piel muy morena, como siempre estaba, de sus largos paseos por la playa, con un vaso chato de whisky solo con hielo y mirándola con mucho amor, como hacía años que no sentía.

Pensaba que, en realidad, no echaba de menos las grandes cosas que se había perdido. Se daba cuenta de que no los echó de menos cuando nació ninguno de sus dos hijos, ni cuando consiguió el ascenso, ni cuando se compró la casa nueva.

Lamentó haberse perdido los minutos de «la basura», los que nadie ve, los que pasan desapercibidos. Se daba cuenta de

que había echado de menos darle un beso a su madre al despedirse porque se iba al mercado, a su padre en bata en el sillón del salón leyendo *La familia de Pascual Duarte*, su libro favorito. Ver al gato callejero al que le ponen un cuenco con comida en el patio que hace que vuelva cada mañana. Oler la comida de su madre, entrar y verla cocinar mientras canta bajito. Echaba de menos los cuadros colgados en la pared, con fotos antiguas de la familia, ver a su madre hablar con la vecina que le había traído verduras de su huerto. El olor de su padre al salir de la ducha, el de la crema que siempre se extendía su madre por las manos antes de dormir o a su padre explicándole el funcionamiento de las mareas y la Luna desde el patio mientras miraban el mar.

El nudo se iba aflojando.

Ella le miró como quien mira por primera vez a los ojos la belleza, como quien nunca ha visto el mar.

Seguía observando las fotos, mirando a su padre, escuchando el mar, sintiendo otra vez esa brisa en su cara —no hay otra igual—, oliendo la casa de su niñez, que seguía teniendo exactamente el mismo olor que cuando se fue, llevándola a sus veinte años de nuevo.

Se levantó, se puso, por primera vez en su vida, un whisky y se sentó de nuevo.

Con quien llene tu vida de paz
en medio del ruido.

Silencio

Saber leer el silencio es una virtud al alcance de pocos. De hecho, creo que nunca se aprende del todo. Puede que ahí radique parte de su encanto.

Me gustan los sitios donde prevalece lo silente. Me gusta el silencio de los museos, el de las iglesias, el de las salas de espera, el de las bibliotecas, las librerías o el de cuarenta mil personas que se quedan calladas justo antes de que entre un gol.

Hoy en día, que la velocidad es casi necesaria si quieres sobrevivir, encontrar tales oasis en medio de las ciudades me parece un signo de esperanza.

Me gusta cuando somos turistas en una ciudad ajena; vamos a mucha velocidad. Dónde comemos hoy, mira las reseñas, tenemos que ver esto, lo otro, me han recomendado esta calle, aquel mirador, aquella plaza y tomar un vino en ese restaurante.

Y, de repente, en medio de toda la vorágine, entras en una catedral o en un museo y todo vuelve al suelo. Volvemos a ser humanos, vuelve el origen, los comienzos.

Somos más humanos cuando entendemos con sutileza dónde silencio y dónde ruido. Cuándo bullicio y cuándo calma. Ambas pueden confluir, ambas, de hecho, deben confluir.

Saber cuándo ser silencio me parece un signo irrefutable de inteligencia.

Recuerdo un día que Ana y yo fuimos a uno de nuestros lugares felices: el Museo Thyssen-Bornemisza. Es un sitio donde vamos a menudo y siempre nos sorprende algo nuevo.

Vamos como quien se está preparando para ganar la lotería: repletos de una ilusión silenciosa.

Nos gusta pasear por él, ver las obras de Renoir, la soledad de los cuadros de Hopper, los gritos silentes de los de Freud o los bailes de Degas.

Muchas veces nos preguntamos qué cuadro nos gustó más de esa sala a ver si adivinamos el que más le gustó al otro.

Solemos acertar.

Me fijo en cómo mira ella los cuadros, en cómo los miran los niños, en las personas que se sientan porque están cansadas, en los que les explican a los de al lado. Pongo la oreja. Y miro a los que van demasiado rápido y pienso en cómo se pueden ir sin pararse un rato delante de Camille Pissarro.

Al salir, decidimos volver caminando a casa, paramos a tomar algo por el camino para descansar, pero seguir andando hasta llegar.

La noche había caído y Madrid parecía que, ese día, no tenía ruido.

O sería la sensación.

Atravesamos Chueca por la calle del Barquillo, los bares parecían en calma, llegamos a Fuencarral y el volumen de la vida iba bajando cada vez más, como una película que se acaba, como un vinilo al que hay que dar la vuelta, pero sigue girando.

Pasamos por Bilbao y Quevedo, y seguíamos estando solo nosotros, tratando de andar al mismo ritmo, sus pasos a la velocidad de los míos, mis manos a la de las suyas.

Ella me miraba mientras yo observaba los balcones llenos de plantas y reía.

Yo hacía como que no, pero me daba cuenta. Y me gustaba.

Ella me decía, al pasar por algún restaurante del que le sonaba el nombre, que teníamos que ir a probar la comida georgiana, que así haríamos algo juntos que ninguno había hecho antes.

A mí me hizo gracia la idea.

Cuando llevábamos un tiempo sin decir nada, nos mirábamos y sonreíamos achinando los ojos.

Pasamos por Chamberí, y no nos cruzamos con nadie; parecían las cinco de la mañana, pero sin personas volviendo de fiesta con toda la dignidad posible.

Llegamos a casa, encendimos una pequeña lámpara, regué un poco las plantas, que llevaba dos días sin hacerlo, y nos quedamos dormidos, en silencio.

Larga vida a saber que no todas las casas son hogar, a las veces que nos perdonamos, lloramos y volvemos a creer en nosotros mismos. A los que te hacen gigante cuando te sientes pequeño, a los que siempre tienen su mano cerca por si la necesitas.

Larga vida a la vida despacio, contemplativa, pausada, en calma. A saber cuidar de los que te cuidan, a saber no vivir a medias, a saber que se pierde más por miedo que por intentarlo.

Epílogo

Volver a empezar

¿Tendré, entonces, algo que contarles a mis nietos?

Es una pregunta recurrente que vaga por mi cabeza, normalmente los domingos por la tarde.

A veces intento hacer un ejercicio mental que me lleva a saltar años en el tiempo, ir al futuro y tratar de imaginar cómo creo que será mi vida dentro de unos años. ¿Es como me gustaría o como creo que será?

Me imagino sentado en un patio totalmente conquistado por una jacaranda y una mimosa que dan sombra y color a todos los rincones del mismo. Me imagino sentado en una silla de hierro, tan bonita como pesada, que compramos en aquel viaje a Marrakech. Suena música bajita que llega desde la cocina, que está unida al patio con una gran puerta de cristalera, abierta de par en par para que entre la luz, el olor y el sonido.

La vida pasando lenta ante nuestros ojos casi sin darnos cuenta.

Al fondo del patio, en el lado opuesto de la puerta de la cocina, una alta pared totalmente cubierta por una dama de noche que nos promete llenar el patio, y la casa, con un bonito olor que casi se puede dibujar cada día cuando el sol se pone.

Me imagino el patio lleno de gente. Está Ana jugando con nuestra nieta más pequeña, que lleva su nombre. Están mis hermanos alrededor de una botella de vino de Cádiz que hace de centro pendular de una conversación sobre el paso del tiempo, sobre lo efímero.

Están dos nietos más jugando con sus padres, mis hijos, con una pelota de tenis, tratando de encestarla en una cesta de mimbre que había por allí.

Estoy yo, sentado en una silla más bonita que cómoda, observando.

La botella de vino, el corcho a su lado rodando lentamente sobre la mesa impulsado por una leve brisa que, de vez en cuando, nos regala el viento. Están las ramas de los árboles moviéndose lento, dibujando sombras en el suelo empedrado, que está lleno de hojas que se han ido cayendo y que, por una u otra razón, hemos dejado de recoger. No me disgusta que estén ahí. Lejos de mostrar suciedad, creo que aportan un encanto de amor por el paso del tiempo. Ana me achaca que veo la belleza como excusa. Me río.

Hay un pequeño pájaro que llega, se posa en la mesa tratando de ver si puede coger alguna migaja de los restos de pan que hay sobre una tabla de madera que, minutos antes, estaba llena de queso.

Sigue sonando música. Hay ropa tendida al fondo del patio, que se balancea cada vez que llega una agradable brisa, entre la cual juegan los niños a pillar. El olor del guiso que se cocina lento llega a veces y augura una larga sobremesa. Hay una sonoridad hermosa creada entre el bullicio de los niños, las conversaciones, los pájaros y la música. Un bonito ruido ordenado.

Qué bonita la vida
cuando se aprende a mirar.

Al fondo del patio, bajo la gran pared de un color tierra tapada por la dama de noche, dos sillas blancas que huelen a verano, colocadas simétricamente alineadas, incitando a una conversación lenta.

Suena Paolo Nutini, nos miramos mis hermanos y yo, susurramos: «Oh, qué canción». Sigue sonando Paolo en casa, mejor dicho. «¿Os acordáis de cuando fuimos a Londres a verlo?».

«A Sorolla le habría encantado pintar lo que estoy viendo», pienso.

Recordamos alguna historia de juventud mientras la botella de vino sigue bajando, nos sentimos viejos, pero lo hacemos pensando que hemos sido buenos arquitectos del aprovechamiento del tiempo, nos volvemos a reír.

Me pregunto qué será verdad de esa historia a la que le añadimos un nuevo matiz cada vez que la contamos. ¿Pasó así de verdad? Me da igual, en realidad, las historias están vivas, se construyen con el paso del tiempo.

Ana me ofrece un brindis, se lo devuelvo con una sonrisa en los ojos.

Los ojos no mienten
cuando sonríen.

Nuestros nietos siguen jugando. Uno coge la manguera que usamos para regar las plantas del patio, haciendo caso a su madre, que le sugiere que riegue las petunias de los arriates, pero cambia de idea a la vez que su cara dibuja la maldad de un niño que ha tenido una gran ocurrencia. Decide que mojar a sus padres es más divertido. Nos reímos todos.

Me levanto y voy hacia las sillas blancas que tienen, a mi juicio, la mejor panorámica del patio. Por momentos es como si estuvieras en un cine viendo una película costumbrista donde no pasa nada, pero pasa todo, donde el centro de cada historia es el paso del tiempo, el detalle, el placer de lo ordinario, la huida de la extravagancia, donde importa más el «cómo» que el «qué», «quién» que «dónde», el «por qué no» más que el «por qué sí», la lentitud que la inmediatez. Hacer del amor por lo efímero una religión.

La vida
despacio.

El taburete donde, aún sin hijos, Ana y yo nos sentábamos a charlar durante horas en la cocina. El mantel blanco donde derramamos vino una noche cenando con amigos con los que quedamos para jugar al trivial, las copas que compramos en Portugal en nuestro viaje en el que dormimos en el coche, la lavanda que nos plantó su madre y está más grande y bonita que nunca. El vino que compramos el otro día y que tanto nos costó elegir y al final nos decidimos por el de la etiqueta más bonita.

El olor a tierra mojada, el viento que despeina acariciando, el silencio, el bullicio de todos queriendo hablar. Las carcajadas de un niño, el llanto de otro. Las sombras de las hojas proyectadas en el suelo empedrado. La botella de agua con hielo por la que corre una gota haciendo caso a la física y la gravedad.

Me quedo un rato pensando qué puedo decirles a mis nietos que se convierta en una de esas historias que ellos, dentro de unos años, contarán orgullosos bajo el preludio de «como decía mi abuelo...». Pero al momento pienso que hay cosas que se definen sin necesidad de hablar. No quiero adelantarles nada con un cruel e innecesario *spoiler*, ojalá aprendan a darse cuenta ellos solos. Será lo que se llevarán para siempre.

Vivir siempre como el que
está a punto de irse.

Cenamos. Por el camino hemos brindado y el sol está a punto de esconderse. Hay una mezcla de luz que debería tener un lugar en cualquier museo de cierta importancia del mundo, ese momento cuando el sol ya se ha ido, pero su luz no del todo.

Se va el sol del todo, pero nosotros seguimos ahí, compartiendo mesa, mantel y tiempo, dándonos cuenta de que hay conversaciones y momentos que, como la vida, se quedan, aunque se vayan.

Agradecimientos

Agradecer es abrazar con mil manos. Es sentir que a la mesa le faltaba una pata y llegó en forma de persona. Es poder ser dos, e incluso muchos, pero querer ser uno.

Este libro no habría existido sin cientos de personas que pasaron por mi lado, de una u otra manera, inspirando mi sed de duda, conocimiento y detalle sobre la bella invisibilidad de las cosas visibles.

Algunos supongo que son, o fueron, conscientes y otros jamás lo sabrán, porque son personas aleatorias que se cruzaron, caprichosamente, en algún momento por mi vida y, sin saberlo, me hicieron reflexionar. Lo que me lleva a pensar en la involuntaria incidencia que podemos llegar a tener en vidas ajenas con pequeños gestos.

Pienso en el señor que se bajó de una Mobylette en los Caños de Meca un 1 de enero sonriendo mientras nos pedía a toda la terraza de un bar que lo hiciéramos también, que quien venía de trabajar era él. Gracias. O en la señora que se sentó a mi lado en el avión que cogí para ir a Londres, que antes de despegar se santiguó y miró la foto de su marido y sus dos hijos que llevaba en la cartera, acariciándola delicadamente. Gracias.

Y gracias a los que sí lo van a saber, para confirmar la sospecha. Gracias a mis hermanos de apellido y de segundo apellido. Por entender, ayudar al Curro de hace años a crecer y no permitirle nunca que dejase de imaginar.

Podría detenerme en darles las gracias a mis padres por querer a lo alto y a lo ancho, por darme el equilibrio que tantas veces creí perder; a mis hermanos, por ser una parte de mí separada de mi cuerpo, o a mis sobrinos, por dejarme ver el mundo a través de los ojos de la inocencia de todo lo que está por venir, por enseñarme la posibilidad de lo imposible.

Pararme en Ana, que me ha enseñado a quedarme en la duda, a ser los pies cuando no sé andar, los ojos cuando no sé mirar y el corazón cuando casi no sé vivir.

O parar a dar las gracias a mis amigos de siempre y a los de no siempre, pero son tantos que no podré detenerme jamás a enumerarlos. Gracias de corazón por alimentar mis ganas.

Pero, creedme, no acabaría. Me siento afortunado por no ser capaz de poner en pie una lista precisa de agradecimientos.

Así que acabaré estas líneas de agradecimiento a nadie dando las gracias al faro de Trafalgar, a la señora del avión, al simpático señor que un día en la plaza del Pumarejo le gritaba a un amigo, hablando por teléfono, que se volviera ya de Alemania. Gracias a la señora que vi sentada en una puerta en Vejer con una sonrisa iluminante, al rayito de sol que se refleja en la pared blanca de una casa en Carboneras donde respiro Mediterráneo, al viento que roza mi cara al bajar la ventanilla del coche camino de Barbate, al día que hice el muerto en el mar y al salir me esperaba una cerveza gélida que se mezclaba en mis labios con el salitre. A los ojos de los que sonríen cuando quieren, a los abrazos que duran más de lo esperado y a las manos que sostienen en la duda.

Terminaré estas líneas agradeciéndote a ti, querido lector, y pidiéndote, humildemente, que nunca dejes de mirar con amor las cosas que suceden a nuestro alrededor.

Eso es todo.